LE MASQUE
Collection de romans d'aventures
créée par
ALBERT PIGASSE

**LE PASTEUR
DÉTECTIVE**

DU MÊME AUTEUR

DANS LE MASQUE :

QUI A TUÉ CHARLIE HATTON ?
FANTASMES
LE PASTEUR DÉTECTIVE
L'ANALPHABÈTE
L'ENVELOPPE MAUVE
CES CHOSES-LÀ NE SE FONT PAS
ÉTRANGE CRÉATURE
LE PETIT ÉTÉ DE LA SAINT-LUKE
REVIENS-MOI
LA BANQUE FERME À MIDI
UN AMOUR IMPORTUN
LE LAC DES TÉNÈBRES
L'INSPECTEUR WEXFORD
LE MAÎTRE DE LA LANDE
(Prix du Roman d'Aventures 1982)
LA FILLE QUI VENAIT DE LOIN
LA FIÈVRE DANS LE SANG
SON ÂME AU DIABLE
MORTS CROISÉES
UNE FILLE DANS UN CAVEAU
ET TOUT ÇA EN FAMILLE...
LES CORBEAUX ENTRE EUX
UNE AMIE QUI VOUS VEUT DU BIEN
LA POLICE CONDUIT LE DEUIL
LA MAISON DE LA MORT
LE JEUNE HOMME ET LA MORT
MEURTRE INDEXÉ
LES DÉSARROIS DU Pr. SANDERS

Ruth Rendell

LE PASTEUR DÉTECTIVE

Texte français de Marie-Louise Navarro

Librairie des Champs-Élysées

Ce roman a paru sous le titre original :

A NEW LEASE OF DEATH

© RUTH RENDELL, 1967, ET LIBRAIRIE DES CHAMPS-ÉLYSÉES, 1978.

Tous droits de traduction, reproduction, adaptation, représentation réservés pour tous pays.

CHAPITRE PREMIER

Il était cinq du matin. L'inspecteur Burden avait eu l'occasion d'assister au lever du jour plus souvent qu'à son tour et il ne s'en était jamais plaint, surtout lorsqu'il s'agissait d'un matin d'été. Il aimait la tranquillité qui baignait la petite ville à cette heure matinale et appréciait la lumière bleue qui possédait la même qualité d'ombre transparente que celle du crépuscule sans en avoir la mélancolie.

Les deux hommes avaient été interrogés, après leur arrestation dans un des cafés de Kingsmarkham, et avaient avoué séparément et presque simultanément un quart d'heure plus tôt. Maintenant, ils étaient enfermés dans deux cellules au rez-de-chaussée du très moderne poste de police.

Burden se tenait près de la fenêtre dans le bureau de Wexford et regardait le ciel qui prenait une teinte verte d'aquarium. Un vol d'oiseaux, en formation serrée, le traversa. L'inspecteur ouvrit la fenêtre pour jeter sa cigarette et aérer la pièce.

Dehors, dans le corridor, il entendit Wexford dire bonsoir — ou plutôt bonjour — au colonel Griswold, le Chef Constable. Burden se demanda si Griswold avait deviné, quand il était arrivé à dix heures du soir avec son boniment sur la nécessité de surveiller les voyous de la ville, qu'il se préparait une nuit blanche.

La lourde porte se referma, et la voiture du Chef Constable démarra. Burden la regarda s'éloigner dans la cour intérieure et franchir la grille entre les corbeilles de géraniums rouges. Il se retourna en entendant Wexford entrer. Le visage lourd au teint plombé de l'inspecteur-chef semblait un peu plus gris que d'habitude, mais il ne montrait aucun signe de fatigue, et ses yeux noirs et durs comme du basalte reflétaient une expression triomphante.

C'était un grand bonhomme aux traits burinés et à la voix autoritaire. Son costume gris était plus froissé que jamais, mais cela convenait à Wexford comme un prolongement de son épiderme pachydermique.

— Voilà une bonne chose de faite, comme disait la vieille en extirpant l'œil du vieil homme.

Burden supportait stoïquement ce genre de plaisanteries douteuses. Il savait qu'elles n'étaient proférées que dans le but de l'horrifier, et elles y réussissaient toujours. Il se força à sourire. Wexford lui tendit une enveloppe bleue, et il fut heureux de cette diversion qui cachait son embarras.

— Griswold vient de me remettre ça. A cinq heures du matin! Cet homme n'a aucune notion de l'heure.

Burden remarqua l'estampille de l'Essex.

— Est-ce l'homme dont il a déjà été question, monsieur?

— Eh bien, je ne reçois généralement pas de lettres d'admirateurs fervents, n'est-ce pas, Mike? Il s'agit bien du Révérend Archery qui profite de l'Association des Vieux Copains de Classe.

Il se laissa tomber dans l'un des fauteuils dont les ressorts protestèrent. Wexford manifestait toujours une certaine répugnance à l'égard de ces fauteuils comme à l'égard de tous les aménagements ultramodernes de son bureau. La moquette en nylon, les fauteuils avec leurs garnitures chromées, les stores vénitiens; tout ce qui, à ses yeux, n'était pas fonctionnel, n'était que nids à poussière et " chichi ". Et cependant, il tirait de tout cela une secrète vanité. Ces meubles faisaient leur effet. Ils impressionnaient les visiteurs et les étrangers comme l'auteur de la lettre que Wexford sortait maintenant de son enveloppe. En s'efforçant de prendre un accent distingué, l'inspecteur-chef déclama avec affectation :

— Autant faire appel au Chef Constable du Sussex, ma chère, nous avons été à Oxford ensemble, savez-vous? — Son visage se plissa en un sourire sardonique :
— Je déteste ce genre de choses!
— L'étaient-ils?
— Quoi donc?
— A Oxford ensemble?
— Je l'ignore. Il s'agissait peut-être du terrain de sport d'Eton. Le principe est le même. Griswold m'a seulement déclaré : maintenant que nous avons coffré ces bandits, je voudrais que vous jetiez un coup d'œil sur cette lettre d'un de mes excellents amis appelé Archery. C'est un homme charmant et j'aimerais que vous lui apportiez toute l'aide souhaitable. Je crois que cela a un rapport avec cette canaille de Painter.
— Qui est Painter?
— Un meurtrier qui s'est fait arrêter il y a quinze ou seize ans, répondit laconiquement Wexford. Voyons ce que ce révérend a à en dire.

La lettre portait l'adresse du presbytère de Columba à Thringford dans le Sussex; Wexford lut à haute voix :
Cher Monsieur,
J'espère que vous me pardonnerez de vous importuner — comme si j'avais le choix! — *mais je considère que l'affaire est assez urgente. Le colonel Griswold, Chef Constable de* bla-bla-bla... *a bien voulu me dire que vous consentiriez à m'aider et je prends la liberté, après l'avoir consulté, de vous écrire.* Wexford se racla

la gorge et dénoua sa cravate en commentant : il lui faut du temps pour en arriver au fait. Là, nous y voici : *Vous vous rappelez, sans doute, l'affaire Herbert, Arthur Painter* — tu parles! — *je crois savoir que c'est vous qui aviez été chargé de l'enquête. Je suppose donc que c'est à vous qu'il convient de m'adresser avant de poursuivre des recherches que, bien malgré moi, je me vois contraint de faire.*

— Contraint?

— C'est ce qu'il dit. Il n'explique pas pourquoi. Le reste est un tas de salamalecs et il termine en me demandant s'il peut venir demain, c'est-à-dire aujourd'hui. Il va me téléphoner dans la matinée et compte sur ma compréhension. — Wexford regarda par la fenêtre le soleil qui se levait sur York Street et soupira : — Je suppose qu'en ce moment, notre révérend dort dans un lit douillet.

— Qu'est-ce que tout cela signifie?

— Oh! Seigneur! Mike, c'est évident. Ne prenez pas à la lettre ses " obligations " et ses " contraintes ". Je suppose que les émoluments d'un pasteur ne sont pas mirifiques. Entre les premières communions et les réunions de mères de famille, il écrit des romans policiers basés sur des histoires vraies. Il doit se trouver dans un situation désespérée s'il compte éveiller l'intérêt du public en opérant la résurrection de Painter.

— Je crois me rappeler cette affaire, dit Burden, je sortais juste du collège alors.

— Et cela vous a inspiré le choix d'une carrière, hein? Que veut-tu être, mon fils? Je serai détective, Papa!

Depuis cinq ans qu'il était le bras droit de l'inspecteur-chef, Burden s'était habitué à ses plaisanteries. Il savait qu'elles représentaient une valve de sécurité lui permettant de se soulager. Pour le moment, il épongeait l'agacement causé par l'intervention du révérend.

Burden regarda son chef avec inquiétude. Après une journée harassante et une nuit sans sommeil, cette lettre était la dernière goutte d'eau qui faisait déborder le vase. Brusquement, Wexford était tendu, irrité. Tout son grand corps tremblait d'une rage qu'il avait du mal à contenir. Cette tension devait être apaisée.

— Cette affaire Painter, dit adroitement Burden, je l'avais suivie dans les journaux parce qu'à l'époque, elle avait fait sensation, mais je ne me souviens pas des faits.

Wexford glissa la lettre dans son enveloppe et la mit dans un tiroir. Ses mouvements étaient précis, parfaitement contrôlés. Un mot de travers, et il l'aurait déchirée et jetée dans la corbeille à papier. Ces paroles avaient apparemment été celles qu'il fallait, car Wexford répondit d'une voix froide :

— Cette affaire fut surtout remarquable pour moi.
— Est-ce vous qui en étiez chargé?
— C'était la première enquête sur un meurtre que je menais seul. Ce fut aussi une affaire remarquable pour Painter car il fut jugé et pendu et également, je suppose, pour sa veuve, pour autant que cette femme pouvait s'émouvoir.

Burden remarqua le regard de son chef qui s'attardait sur une brûlure de cigarette faite sur le cuir clair du fauteuil par l'un des hommes qu'ils avaient interrogés. Il s'attendait à une explosion, mais Wexford demanda avec indifférence :

— N'êtes-vous pas attendu à la maison?
— Il est trop tard pour rentrer, dit Burden en réprimant un bâillement. Du reste, ma femme est au bord de la mer.

Très attaché à son épouse, il trouvait le bungalow lugubre quand Jean et les enfants étaient absents. Ce côté de son caractère prêtait le flanc à l'ironie de Wexford. Il se contenta de dire :

— J'avais oublié.

Burden était un policier efficace. Son chef le respectait à cause de cela. Bien qu'il pût l'en railler à l'occasion, Wexford appréciait aussi les avantages du physique séduisant de son second et son ascendant sur les femmes. Placées en face de cet homme ascétique, mises en confiance par ce que Wexford appelait sa " faiblesse ", elles étaient plus enclines à ouvrir leur cœur que devant le pesant policier de cinquante-six ans qui les intimidait. Cependant, le jeune inspecteur manquait un peu de personnalité, et son supérieur, qui en avait à revendre, l'écrasait par la sienne. Pour achever de calmer son chef, Burden demanda :

— Si vous devez croiser le fer avec ce révérend, ne serait-ce pas une bonne idée de nous remémorer les faits?

— Nous?

— Eh bien, vous au moins, monsieur. Vous devez avoir oublié certains détails après tant d'années.

Wexford éclata de rire :

— Dieu tout puissant! Croyez-vous que je ne vous vois pas venir avec vos petits souliers? Quand j'aurai besoin de consulter un psychiatre, j'irai voir un professionnel... Bon, après tout, cela ne peut pas faire de mal. Mais il n'y a là aucun mystère. Aucun doute ne subsiste. Painter était bien le coupable. Herbert, Arthur Painter a tué sa patronne, une femme de quatre-vingt-dix ans en la frappant sur la tête à coups de hache. Et il a fait cela pour deux cents livres. C'était un faible d'esprit, brutal et sauvage, ce que l'on peut appeler un être asocial. Il est curieux qu'un révérend se fasse le champion d'un tel personnage.

— Rien ne prouve que ce soit le cas.

— Nous verrons bien, dit Wexford.

Ils se tenaient devant une carte murale de la région.

— Elle a été tuée dans sa propre maison, n'est-ce pas? demanda Burden, une de ces grandes demeures de Stowerton Road.

La carte représentait tout le district. Kingsmarkham, ville commerçante de douze mille habitants se trouvait au centre, ses rues tracées en brun et blanc, son environnement pastoral en vert avec des taches sombres figurant les bois. Des routes en partaient comme du centre d'une gigantesque toile d'araignée, l'une conduisait à Pomfret au sud, une autre à Sewingbury au nord-est. Les petits villages de Flagford, Clusterwell et Forby étaient autant de petites mouches dans cette toile d'araignée.

— La maison s'appelle *La Parcelle de Victor,* un nom assez curieux. Elle a été construite par un général après les guerres Ashanti.

— Elle se trouve par là, dit Burden en pointant son doigt sur la carte entre Kingsmarkham et Stowerton. Je crois la connaître. Une hideuse bâtisse avec une sorte de charpente verte qui la recouvre. C'était une maison de retraite pour personnes âgées jusqu'à l'année dernière. Je crois qu'on l'a démolie.

— Peut-être bien. Il y a environ un hectare de terre qui dépend de la propriété. Puisque vous l'avez située, nous pouvons aussi bien nous asseoir.

Burden avait tiré son fauteuil près de la fenêtre. Il y avait quelque chose de réconfortant à voir se lever l'aube d'une belle journée. Dommage qu'il n'ait pu partir avec Jean. La lumière du jour naissant et l'air vivifiant évoquaient les vacances et détournaient ses pensées d'une affaire qui avait autrefois scandalisé tout Kingsmarkham. Il chercha dans sa mémoire et s'aperçut à sa courte honte qu'il ne se souvenait même plus du nom de la victime.

— Comment s'appelait-elle? demanda-t-il, un nom étranger, je crois, Porto ou Primo...

— Primero. Rose-Isabel Primero. C'était le nom de son mari. Loin d'être une étrangère, elle avait été élevée à Forby Hall. Ses parents étaient les châtelains de Forby.

Burden connaissait bien Forby. Tous les touristes de ce pays agricole, sans bord de mer ni colline, sans château ni cathédrale, se faisaient un devoir d'aller à Forby. Les guides de voyages le classaient assez ridiculement " le Cinquième plus joli voyage d'Angleterre ". Tous les papetiers de la région avaient la photographie de son église. Burden lui-même considérait le village avec une certaine affection parce que ses habitants faisaient montre d'une totale absence de tendance criminelle.

— Ce révérend est peut-être un parent, suggéra-t-il, il a peut-être besoin d'un renseignement pour les archives de la famille.

— J'en doute, dit Wexford se chauffant au soleil comme un gros chat gris. Les seuls parents de la victime étaient ses trois petits-enfants. Roger Primero, son petit-fils, vit à Forby Hall maintenant. Il n'en a pas hérité, mais l'a racheté. Je ne connais pas les détails.

— Forby Hall a longtemps appartenu à une famille appelée Kynaston, ou du moins, c'est ce que prétend la mère de Jean, mais il y a des années de cela.

— C'est exact, dit Wexford avec impatience, Mrs. Primero était née Kynaston, et elle avait près de quarante ans quand elle épousa le Dr Ralph Primero. J'imagine que sa famille a considéré ce mariage d'un assez mauvais œil. Souvenez-vous que cela se passait au début du siècle.

— Etait-ce un médecin généraliste?

— Je crois me souvenir qu'il était spécialiste. Ils vinrent s'installer à *La Parcelle de Victor* lorsqu'il prit sa retraite. Quand il mourut, au cours des années trente, Mrs. Primero resta avec environ dix mille livres pour vivre. Elle avait eu un enfant de son mariage, un fils qui mourut peu après son père.

— Voulez-vous dire qu'elle vivait seule dans cette grande maison à son âge?

Wexford fronça les sourcils. Burden connaissait la mémoire phénoménale de son chef. Lorsqu'une affaire l'intéressait, il n'oubliait rien.

— Elle avait une servante, dit-il, son nom était — ou est, si elle vit toujours — Alice Flover. Elle avait vingt ans de moins que sa patronne et servait Mrs. Primero depuis cinquante ans. Une véritable servante de la vieille école. En vivant ensemble de cette manière, elles étaient devenues des amies, mais Alice restait à sa place et disait toujours " Madame ". Je connaissais Alice de vue. C'était un personnage, et on la remarquait quand elle venait en ville faire les courses, surtout quand Painter commença à la conduire dans la Daimler de Mrs. Primero. Vous souvenez-vous de l'uniforme des infirmières autrefois? Non, vous êtes trop jeune. Alice portait toujours un long manteau bleu marine et un chapeau de feutre assorti. Elle et Painter étaient tous deux domestiques, mais elle se situait bien au-dessus de lui. Elle tenait son rang et lui donnait des ordres exactement comme le faisait Mrs. Primero elle-même. Sa femme et ses amis l'appelaient " Bert ", mais Alice disait " Bête ". Pas devant lui, bien sûr, elle n'aurait pas osé.

— Voulez-vous dire qu'elle avait peur de lui?

— D'une certaine façon. Elle le détestait et supportait mal sa présence. Je me demande si j'ai toujours cette coupure de journal...

Wexford ouvrit le tiroir du bureau où il rangeait ses affaires personnelles. Il n'avait guère l'espoir de trouver ce qu'il cherchait. A l'époque de la mort de Mrs. Primero, la police de Kingsmarkham était logée dans un vieil immeuble au centre de la ville. Il avait été démoli cinq ans plus tôt et transféré dans ce bloc moderne à la périphérie de la ville. La coupure avait probablement été égarée au cours du déménagement. Il feuilleta ses notes, de vieilles lettres et finit par annoncer d'un ton triomphant :

— La voilà. Tenez, regardez notre animal asocial en personne. Bel homme, si vous aimez le genre. Herbert, Arthur Painter de la 14e armée en Birmanie. Vingt-cinq ans, engagé comme chauffeur, jardinier et homme à tout faire par Mrs. Primero.

La coupure du *Sunday Planet* consacrait plusieurs colonnes à l'affaire. La photographie était nette, et Painter fixait l'objectif.

— Curieux, hein, dit Wexford, il vous regardait toujours droit dans les yeux, ce qui est supposé indiquer l'honnêteté si l'on en croit ce genre d'absurdité.

Burden se pencha sur ce visage aux traits réguliers, au nez droit un peu épais à la base. Painter avait des lèvres épaisses et bien dessinées, un front bas et des cheveux ondulés.

— Il était grand et bien bâti, poursuivit Wexford. Ne trouvez-vous pas qu'il ressemblait un peu à un gros dogue? Pendant la guerre il était en Extrême-Orient, mais il ne paraissait pas avoir souffert de la chaleur ou des privations. Il y avait en lui cet air de bonne santé que l'on voit aux chevaux de trait. Je m'excuse de toutes ces métaphores animales, mais Painter était un animal.

— Comment Mrs. Primero l'avait-elle engagé?

Wexford reprit la coupure et la considéra un moment avant de la replier.

— Depuis la mort du docteur jusqu'en 1947, Mrs. Primero et Alice Flower s'arrangèrent pour entretenir la propriété. Une succession de femmes de ménage avaient défilé à *La Parcelle de Victor,* mais tôt ou tard, toutes partaient travailler en usine. La maison menaçait ruine. Ce n'était pas surprenant si l'on songe que, à la fin de la guerre, Mrs. Primero avait plus de quatre-vingt cinq ans, et Alice approchait de soixante-dix. De plus, indépendamment de son âge, Mrs. Primero ne s'occupait pas du ménage. Elle n'avait pas été élevée pour ça.

— C'était une sorte de mégère, n'est-ce pas?

— Elle était ce que Dieu et son éducation avaient fait d'elle. Personnellement je ne l'ai vue qu'après sa mort, mais d'après ce que j'ai pu découvrir, elle était entêtée et assez mesquine, ce que l'on qualifie aujourd'hui de " réactionnaire ", encline à être autocrate. Je vais vous en donner un exemple. Quand son fils mourut, il laissa sa femme et ses enfants dans une situation difficile. Je n'entre pas dans les détails, mais Mrs. Primero déclara qu'elle était disposée à les aider pourvu que ce fût à ses conditions. La famille devait venir vivre avec elle. Pour être juste, je dois reconnaître qu'elle ne pouvait se permettre d'entretenir deux ménages. D'autre part, c'était une femme bigote. Quand elle devint trop âgée pour se rendre régulièrement à l'église, elle exigea qu'Alice y allât à sa place. Néanmoins, elle n'était pas absolument égoïste. Elle adorait son petit-fils, Roger, et avait une amie sur qui nous reviendrons.

« Comme vous le savez, à cette époque on manquait de domestiques. Mrs. Primero était une vieille femme intelligente. Elle chercha une solution à ce problème. Sur sa propriété se trouvaient d'anciennes écuries avec une sorte de grenier au-dessus. Elle se servait des écuries pour garer sa Daimler. Personne n'avait utilisé la voiture depuis la mort du docteur. L'essence était rationnée, et ni Mrs. Primero, ni Alice ne savaient conduire. Bref, Mrs. Primero fit paraître une annonce dans le *Chronicle* de Kingsmarkham, demandant un homme jeune, capable d'entretenir le jardin, de faire quelques petits travaux et de conduire la voiture en échange d'un appartement et de trois livres par semaine.

— *Trois livres*? fit Burden, étonné par la modicité de la somme.

— Cela représentait davantage qu'aujourd'hui, Mike. Mrs. Primero avait fait repeindre le grenier et l'avait fait diviser en trois pièces. Il y avait l'eau courante. Ce n'était pas un palace, mais en 1947 les gens s'estimaient heureux de trouver une pièce pour se loger. Elle reçut beaucoup de réponses et arrêta son choix sur Painter. Au procès, Alice déclara que Mrs. Primero avait pensé que le fait qu'il fût marié et père d'une petite fille ferait de lui un homme stable. Tout dépend de ce qu'on entend par " stable ", bien entendu.

— Sa femme travaillait-elle aussi pour Mrs. Primero?

— Non, seulement Painter. Sa fillette n'avait que deux ans et avait besoin des soins de sa mère. Mrs. Painter était très discrète. Elle ne sortait guère de chez elle. Quant à l'enfant, Mrs. Primero ne s'apercevait même pas de son existence.

— Votre Mrs. Primero ne semblait pas être une femme sympathique.

— Elle était représentative de son âge et de son milieu, fit Wexford avec un haussement d'épaules. N'oubliez pas qu'elle était la fille du châtelain à une époque où un châtelain était une personnalité. A ses yeux, Mrs. Primero n'était que l'épouse d'un domestique. Si elle avait été malade, elle n'aurait pas hésité à lui envoyer Alice avec un bol de soupe et des couvertures. De plus, Mrs. Painter restait à sa place. Elle était très jolie, très douce et semblait craindre son mari, ce qui n'était pas étonnant car elle était petite et frêle, et lui une véritable brute. Quand je l'ai interrogée après le meurtre, j'ai remarqué qu'elle avait des ecchymoses et

je n'aurais pas été étonné d'apprendre qu'il la battait.
— Donc, en fait, ces gens-là vivaient complètement séparés. Mrs. Primero et sa servante dans la grande maison, Painter et sa famille dans leur appartement au fond du parc.
— Les écuries se trouvaient à environ cent mètres de la porte de service de la maison. Painter passait par là pour aller porter le charbon et prendre ses instructions.
— Ah! oui, dit Burden, il y avait eu des histoires à propos de ce charbon, je crois me souvenir que c'était le nœud de toute l'affaire.
— Painter devait couper le bois et porter le charbon. Alice s'occupait du feu. Painter devait apporter un seau de charbon à midi — on allumait jamais le feu avant — et un autre le soir à six heures et demie. Or, s'il ne faisait aucune difficulté pour s'occuper du jardin et de la voiture, il n'aimait pas porter ce charbon. Il le faisait à peu près régulièrement, mais toujours en ronchonnant. Il prétendait qu'à midi il prenait son repas et qu'il n'aimait pas sortir le soir en hiver. Il aurait voulu les deux seaux à onze heures du matin. Mrs. Primero s'y était refusée, elle ne voulait pas que son salon ressemblât à un dépôt de chemin de fer.

Burden sourit. Sa fatigue s'était envolée. Quand il aurait pris son petit déjeuner, qu'il serait rasé et douché, il serait un autre homme. Il jeta un coup d'œil à sa montre en voyant le rideau de fer se lever en face au café du *Carrousel*.
— Je prendrais volontiers une tasse de café, dit-il.
— Commandez-en deux.

Les cafés arrivèrent dans des tasses en plastiques avec des morceaux de sucre enveloppés dans du papier.
— Ça va mieux, dit Wexford quand il eut reposé sa tasse. Voulez-vous que je poursuive?

Burden acquiesça.

— En septembre 1950, Painter travaillait pour Mrs. Primero depuis trois ans. L'arrangement semblait assez bien marcher en dépit des difficultés que Painter faisait au sujet du charbon.

— Je suppose qu'il s'imaginait qu'elle roulait sur l'or.

— Bien entendu, il ignorait le montant de son compte en banque ou la nature de ses revenus, mais ce n'était un secret pour personne qu'elle avait de l'argent à la maison.

— Dans un coffre?

— Pensez-vous! Ces vieilles personnes ont de ces idées! Certaines cachent leurs économies dans un tiroir d'armoire, d'autres dans un vieux sac à main.

— Je m'en souviens maintenant, dit Burden, un de ses vieux sacs contenait deux cents livres.

— En effet. D'autre part, quels qu'aient pu être ses moyens, Mrs. Primero refusait d'augmenter les gages de Painter. S'il n'était pas content, il pouvait s'en aller, mais il aurait fallu quitter l'appartement. En raison de son grand âge, Mrs. Primero était frileuse et faisait allumer le feu dès septembre. Painter trouvait cela inutile.

Il s'interrompit en entendant sonner le téléphone. Il décrocha.

— Oui... oui... Très bien, dit-il, puis il raccrocha en expliquant : ma femme se demande si je suis encore en vie. Je crois que j'ai oublié que j'ai une famille. Il paraît qu'elle n'a plus d'argent et ne trouve pas le carnet de chèques. — Il se mit à rire en le sortant de sa poche : — Ce n'est pas étonnant : le voilà. Il faut que je rentre chez moi. Vous devriez en faire autant et aller faire un petit somme.

— Je n'aime pas rester sur ma faim, grommela Burden, maintenant je sais ce que ressentent mes enfants quand je m'interromps au milieu d'une histoire!

— Si on entre pas dans les détails, il n'y a pas

grand-chose à ajouter. Le soir du vingt-quatre septembre était un dimanche froid et humide. Mrs. Primero avait envoyé Alice à l'église. Elle partit vers dix-huit heures quinze. Painter devait porter son seau de charbon à dix-huit heures trente. Il le fit et s'en alla avec les deux cents livres.

— J'aimerais connaître les détails, dit Burden.

Wexford se leva et alla vers la porte.

— La suite du prochain numéro, dit-il en riant, mais pour que vous ne disiez pas que je vous laisse en plan, Mrs. Primero fut retrouvée à dix-huit heures. Elle était étendue sur le sol du salon, près de la cheminée, baignant dans son sang. Il y avait du sang sur les murs et sur son fauteuil et, plantée dans son cœur, se trouvait une hache.

CHAPITRE II

Le petit somme que Wexford lui avait conseillé l'aurait peut-être tenté par un jour sombre, mais pas par ce matin ensoleillé quand le ciel sans nuage promettait une journée semi-tropicale. De plus, Burden se souvenait qu'il n'avait pas fait son lit depuis trois jours.

Après avoir avalé deux œufs au bacon et bu une tasse de café à la cantine, il décida qu'il avait une heure à perdre. Prenant sa voiture, il remonta High Street, traversa le pont de Kingsbrook, passa devant l'auberge Olive & Dove, et arriva sur la route de Stowerton.

A part une maison neuve çà et là, rien n'avait beaucoup changé depuis seize années. Les champs, les grands arbres avec leur lourd feuillage de juillet, les petits cottages de bois, tout était semblable à ce qu'Alice Flower avait pu voir lorsqu'elle se rendait en ville dans la Daimler pour faire des achats. Il devait y avoir moins de circulation à l'époque. Il freina brusquement en regardant avec réprobation un jeune motocycliste qui se faufilait au milieu des voitures et l'avait frôlé.

Le sentier conduisant à *La Parcelle de Victor* devait se trouver par là. Les détails que lui avait fournis Wexford lui avaient rafraîchi la mémoire. Il avait entendu parler d'un arrêt d'aurobus et d'une cabine téléphonique à l'entrée du sentier. N'était-ce pas là le champ que Painter avait traversé pour aller se débarrasser d'un paquet de vêtements tachés de sang?

Burden aperçut la cabine téléphonique et tourna sur la gauche pour s'engager dans le sentier. Sa surface goudronnée sur quelques mètres se terminait par de la terre battue jusqu'à la grille. Il n'y avait là que trois maisons. Deux villas jumelées et, en face, l'édifice victorien qu'il avait qualifié de hideux.

Il ne l'avait jamais vu de si près, mais cela ne changea pas son opinion. Le toit tarabiscoté avait un certain nombre de pignons. Deux de ceux-ci surplombaient le devant de la maison, d'autres donnaient sur l'arrière. Chaque pignon était surchargé de boiseries grossièrement sculptées et peintes en vert sale. Par endroits, le plâtre des murs laissait voir des briques roses. Des plantes grimpantes avaient envahi les murs.

Burden observa le jardin d'un œil critique. Il n'avait jamais vu une telle profusion de mauvaises herbes. L'allée de gravier était envahie par les orties. Seuls la pureté du ciel et le soleil qui brillait empêchaient de trouver cet endroit trop sinistre.

La porte d'entrée était fermée à clé. Sans doute la première fenêtre était-elle celle du salon. A travers les vitres poussiéreuses Burden distingua une grande pièce avec une haute cheminée. Quelqu'un avait pris la précaution de mettre du papier froissé dans l'âtre afin d'empêcher la suie de tomber. C'était devant cette cheminée que le corps de la vieille dame avait été retrouvé.

Il fit le tour de la maison en se frayant un passage à travers les ronces. Les carreaux de la fenêtre de la cuisine étaient obscurcis par des années de saleté accumulée. La cuisine n'avait pas d'accès direct sur la cour, mais il y avait une porte centrale qui semblait correspondre à celle de la façade et terminer un couloir.

Il se trouvait maintenant dans le parc qui était complètement en friche, la nature ayant repris ses droits depuis belle lurette à *La Parcelle de Victor*. Les écuries étaient dissimulées par du lierre et de la vigne vierge. Burden traversa la cour et se trouva devant une serre dans laquelle on apercevait encore les vestiges d'une vigne.

Ainsi, telle était donc *La Parcelle de Victor*. Dommage qu'il ne pût entrer à l'intérieur. Il revint sur ses pas. Par habitude, il avait fermé les vitres de sa voiture. Dedans régnait une chaleur de four. Il franchit la barrière, s'engagea dans le chemin et se retrouva sur la route de Stowerton.

On ne pouvait guère imaginer de plus grand contraste entre la maison qu'il venait de quitter et le bâtiment où il entrait. Le beau temps convenait au poste de police de Kingsmarkham. Wexford prétendait que l'architecte devait l'avoir conçu au cours d'un voyage dans le sud de la France. C'était une grande bâtisse blanche avec çà et là des fresques rappelant les marbres d'Elgin.

En ce matin de juillet sa blancheur méditerranéenne éblouissait. Mais si la façade semblait accueillante, ses occupants n'y étaient guère à leur aise. Il y avait trop de vitres, assurait Wexford. C'était parfait pour une serre ou pour un poisson tropical, mais beaucoup moins recommandé pour un policier anglo-saxon d'un certain âge ayant une tension trop élevée et supportant mal la chaleur. Il reposa le récepteur du téléphone quand il eut terminé de parler à Henry Archery et se leva pour aller baisser les stores vénitiens.

— Nous allons avoir une vague de chaleur, confia-t-il à Burden, votre femme a eu du flair de partir cette semaine.

— On dirait qu'il se passe toujours quelque chose avec la canicule, soupira Burden, dans notre secteur tout au moins.

— Bah, il se passe toujours quelque chose. Aujourd'hui, c'est notre révérend qui arrive. A deux heures, pour être précis.

— Vous a-t-il dit ce qu'il voulait?

— Il s'expliquera cet après-midi. Il est très conventionnel. Enfin c'est toujours une bonne chose qu'il ait la copie du procès. Je n'aurais pas à revenir là-dessus.

— Cela doit lui avoir coûté cher. Il faut croire qu'il est bigrement intéressé.

Wexford consulta sa montre et se leva.

— Je dois aller au tribunal pour faire inculper ces bandits qui nous ont valu une nuit sans sommeil. Ecoutez, Mike, je crois que nous avons mérité une petite récompense et je n'ai pas envie du bifteck du *Carrousel* pour déjeuner, alors pourquoi n'iriez-vous pas retenir une table chez Olive pour une heure?

Burden sourit. Ce programme lui convenait parfaitement. Une fois par hasard, Wexford se laissait aller à de telles largesses.

Olive & Dove était le seul établissement de Kingsmarkham qui méritât le nom d'hôtel. A l'extrême rigueur, le *Queen's Head* pouvait être considéré comme une auberge, mais le *Dragon* n'était qu'un pub.

Olive, comme on l'appelait, était situé dans la grande rue, en face de la délicieuse résidence de Mr. Missal, le marchand de voitures de Stowerton. L'hôtel était de l'époque des rois George avec des vestiges du style Tudor. A tous égards, l'établissement était considéré par la haute bourgeoisie comme un endroit convenable. Il y avait trois serveurs; les femmes de chambre, la plupart d'âge canonique, étaient stylées, l'eau des bains était chaude, et la cuisine celle que l'on pouvait attendre d'un restaurant qui méritait ses deux étoiles.

Burden avait retenu la table par téléphone. En pénétrant dans la salle de restaurant, il vit avec satisfaction qu'elle était placée près d'une fenêtre, à l'abri du soleil, devant une corbeille de géraniums qui venaient d'être arrosés. Wexford arriva à 13 h 05.

— Je ne comprends pas pourquoi il ne peut pas lever la séance à midi et demie comme ils le font à Sewingbury, grogna-t-il.

Burden savait que ce "il" désignait le président du tribunal de Kingsmarkham.

— Seigneur! Quelle chaleur il fait déjà. Qu'avons-nous au menu?

— Du canard rôti.

— Bon, à condition qu'il ne soit pas accommodé avec des bananes ou des pamplemousses. là, qu'est-ce que je disais : canard à la polynésienne. Pour qui nous prend-on? Des aborigènes de nos ex-colonies?

— Je suis allé jeter un coup d'œil à *La Parcelle de Victor,* dit Burden quand il eurent passé la commande.

— Savez-vous que la propriété est en vente? Il y a un panonceau à la devanture de l'agent immobilier. On en demande six mille livres. Quand je pense que Roger Primero en a tiré moins de deux mille en 1951.

— Je suppose qu'elle a changé de mains plusieurs fois entre temps.

— Une ou deux fois, je crois. Merci, fit-il à l'adresse du garçon. Non, nous ne prenons pas de vin, mais apportez-nous deux bières.

Il déploya sa serviette sur ses genoux et regarda avec réprobation Burden arroser le canard d'une sauce orange.

— Roger Primero était-il l'héritier?

— L'un des héritiers. Mrs. Primero mourut intestat. Vous vous souvenez peut-être que je vous ai dit qu'elle ne possédait que dix mille livres. Cette somme fut partagée entre Roger et ses deux jeunes sœurs. Je sais qu'il est riche aujourd'hui, mais sa fortune ne lui vient pas de sa grand-mère. C'est le genre d'homme qui réussit tout ce qu'il entreprend, raffinerie, promotion immobilière. Il a les affaires dans le sang.

— Je pense l'avoir aperçu.

— Cela ne m'étonne pas. Il est très conscient de son statut de propriétaire depuis qu'il a acheté Forby Hall. Il chasse avec les notabilités de la région.

— Quel âge a-t-il?

— Il avait vingt-deux ans à la mort de sa grand-mère, ce qui doit lui faire trente-huit ans aujourd'hui. Ses sœurs étaient beaucoup plus jeunes que lui. Angela avait dix ans et Isabel neuf ans.

— Je crois me souvenir qu'il a déposé au procès.

Wexford repoussa son assiette et commanda deux tartes aux pommes.

— Roger Primero avait rendu visite à sa grand-mère ce dimanche-là. Il travaillait chez un avocat de Sewingbury à l'époque et il avait l'habitude de venir prendre le thé le dimanche après-midi avec la vieille dame. Peut-être soignait-il son héritage car Dieu sait qu'il n'avait pas une brillante situation en ce temps-là, mais il avait l'air d'avoir une sincère affection pour Mrs. Primero. Quand nous avons trouvé le corps, nous avons prévenu son petit-fils qui était son plus proche parent et nous avons dû intervenir pour l'empêcher de porter la main sur Painter. Je dois dire que sa grand-mère et Alice l'adoraient et le chouchoutaient à qui mieux-mieux. Je vous ai dit que Mrs. Primero avait ses affections. Il y avait eu une querelle de famille, mais apparemment la brouille ne s'était pas reportée sur ses petits-enfants. A deux ou trois reprises, Roger avait amené ses petites sœurs avec lui, et tout le monde paraissait fort bien s'entendre.

— Les personnes âgées s'entendent généralement bien avec les enfants, remarqua Burden.
— A condition que ce soient des enfants bien élevés, Mike. C'était le cas pour Angela et Isabel, et la vieille dame avait aussi un faible pour la jeune Liz Crilling.

Burden posa sa fourchette et regarda son chef avec surprise.

— Je croyais que vous aviez lu les détails de l'affaire, ironisa Wexford, et ne me dites pas que c'est une vieille histoire. Ce genre de réponse me fait voir rouge. Si vous aviez lu le compte rendu du procès, vous sauriez que c'est Elizabeth Crilling, âgée de cinq ans à l'époque, qui trouva le corps de Mrs. Primero.

— Je n'en ai gardé aucun souvenir, monsieur, mais elle n'a sûrement pas été citée au procès.

— Non, en raison de son âge. Il y a des limites. De plus, bien qu'elle ait été la première à entrer au salon et à voir le corps, sa mère était avec elle.

— Pardonnez-moi cette digression, mais je ne vois pas ce que vous voulez dire au sujet des enfants bien élevés. Mrs. Crilling et sa fille habitent toujours ici dans Glebe Road. Elles n'ont pas un sou vaillant et le moins que je puisse dire sur leur éducation...

— Leurs revenus ont beaucoup baissé, dit Wexford. En septembre 1950, Crilling vivait encore. Il est mort tuberculeux, peu après. Ils habitaient en face de *La Parcelle de Victor*.

— Dans une des deux maisons jumelées sans doute.
— En effet. Une Mrs. White et son fils habitaient l'autre. Mrs. Crilling avait une trentaine d'années alors.

— Vous plaisantez, s'exclama Burden. Dans ce cas, elle n'aurait pas cinquante ans aujourd'hui, et elle a l'air d'une vieille femme.

— Tout dépend de la vie que l'on mène, Mike. Rien ne vieillit davantage une femme qu'une maladie mentale et vous savez aussi bien que moi que depuis des années Mrs. Crilling a fait de nombreux séjours dans des hôpitaux psychiatriques.

L'horloge sonna moins le quart. Wexford but son café et demanda :

— Dois-je faire attendre le révérend quelques minutes?

Burden répondit sans se compromettre.

— Cela vous regarde, monsieur. Vous allez me dire comment Mrs. Primero et Mrs. Crilling étaient devenues amies.

— Eh bien, en ce temps-là, Mrs. Crilling était une sorte de bourgeoise. Son mari était comptable. Un emploi qui faisait de lui un homme fréquentable aux yeux de Mrs. Primero. Mrs. Crilling emmenait toujours sa fille quand elle allait voir la vieille dame. Elizabeth l'appelait " Granny Rose ", comme le faisaient Roger et ses sœurs.

— Est-ce au cours de l'une de ces visites qu'elle trouva Granny Rose morte?

— Ce n'est pas aussi simple que cela. Mrs. Crilling avait fait une robe à la fillette. Elle la termina vers six heures, habilla Elizabeth et voulut la montrer à Mrs. Primero. Mrs. Crilling et Miss Flower ne s'aimaient pas. Il y avait entre elles une bonne dose de jalousie sur l'influence que l'une et l'autre pouvaient avoir sur Mrs. Primero. Aussi, Mrs. Crilling attendit-elle qu'Alice fût partie pour l'église pour aller seule jusqu'à la maison avec l'intention de ramener l'enfant si Mrs. Primero était éveillée. A son âge, elle sommeillait beaucoup. Au cours de cette première visite — il était alors 18 h 20 — Mrs. Primero dormait, et Mrs. Crilling n'entra pas. Elle se contenta de frapper à la vitre du salon. Voyant que la vieille dame ne bougeait pas, elle se retira. A propos, elle vit le seau à charbon vide par la fenêtre et comprit que Painter n'était pas encore venu.

— Voulez-vous dire que Painter commit son forfait entre les deux visites de Mrs. Crilling?

— Elle ne revint qu'à dix-neuf heures et elle n'eut qu'à entrer avec sa fille en criant " Hou-Hou ", car la porte de service avait été laissée ouverte par Painter. Elizabeth entra la première et vous savez le reste.

— La pauvre gosse!

— Oui, certes, murmura Wexford, mais je ne peux rester ici à remuer de vieux souvenirs. Il faut que j'aille voir ce révérend.

Ils se levèrent. Wexford régla l'addition et laissa un pourboire de dix pour cent.

— Je ne comprends vraiment pas ce que ce révérend vient faire là-dedans, dit Burden tandis qu'il retournaient à la voiture.

— Ce ne peut être un abolitionniste puisque la peine de mort est maintenant supprimée. Je suppose qu'il doit écrire un livre en espérant arrondir ses fins de mois.

— A moins qu'il ne compte acheter *La Parcelle de Victor*.

Une voiture étrangère était garée dans la cour intérieure du poste de police. Le numéro minéralogique indiquait un véhicule immatriculé dans l'Essex.

— Nous n'allons pas tarder à tout savoir, dit Wexford.

CHAPITRE III

En général, Wexford n'aimait pas le clergé. A ses yeux, le col retourné d'un pasteur représentait une fausse sainteté, une hypocrisie probable et une considération de soi-même certaine. Pour lui, la plupart des vicaires attendaient de vous que vous les adoriez comme Dieu lui-même. Il ne les associait pas avec un physique avantageux et un abord sympathique. Aussi Henry Archery le surprit-il. Celui-ci ne devait pas être beaucoup plus jeune que lui, mais il était mince et très bel homme. Il portait un costume clair, un col ordinaire et une cravate. Sa chevelure était épaisse et blonde car les fils blancs ne s'y voyaient guère. Son teint était hâlé, et ses traits d'une parfaite régularité.

Au cours des échanges préliminaires, Wexford put apprécier sa voix agréable et bien timbrée. En l'invitant à s'asseoir, l'inspecteur ne put s'empêcher de rire intérieurement en songeant aux paroissiennes vieillissantes qui devaient se consumer dans l'espoir de tirer un sourire à cet homme séduisant. Pour l'instant, le révérend Archery ne souriait pas, mais n'en paraissait pas moins calme et détendu. Il déclara :

— Je connais bien cette affaire, Inspecteur-Chef, pour avoir lu avec attention le rapport d'audience et pour en avoir discuté avec le colonel Griswold.

— Que désirez-vous donc savoir? demanda carrément Wexford.

Archery prit une profonde aspiration et répondit un peu vite :

— Je veux que vous me disiez si dans le fond de votre cœur il n'existe pas le plus petit doute sur la culpabilité de Painter.

Ainsi c'était cela. Toutes les belles théories de Burden sur les possibles motivations du révérend étaient on ne peut plus erronées. Cet homme, quel que fût son mobile, était décidé à blanchir Painter.

Wexford fronça les sourcils et répondit après un moment de réflexion :

— Il n'existe pas le moindre doute. Painter était bien le coupable. Si vous voulez me citer dans votre livre, vous pouvez affirmer qu'après seize années, l'inspecteur-chef Wexford maintient toujours que Painter était coupable.

— De quel livre parlez-vous? — La surprise se lisait dans les yeux d'Archery, puis il se mit à rire avant de reprendre : — Je n'écris pas de livres. Il m'est arrivé de contribuer à un chapitre sur les chats d'Abyssinie, mais cela peut difficilement être considéré comme...

Les chats abyssins? Ces bon sang de chats roux, songea Wexford.

— Alors pourquoi vous intéressez-vous à Painter, Mr. Archery?

— Pour des raisons strictement personnelles qui ne sauraient vous intéresser, inspecteur-chef. Je peux vous assurer que rien de ce que vous pourrez me dire ne sera publié sous quelque forme que ce soit.

Wexford s'était engagé envers Griswold — à cet égard, il n'avait guère eu de choix. En tout cas, ne s'était-il pas déjà résigné à consacrer la plus grande partie de la journée à ce révérend? La fatigue de cette nuit sans sommeil commençait à se faire sentir. Autant répondre sans chercher à comprendre. Les raisons personnelles d'Archery apparaîtraient en leur temps.

— Que voulez-vous que je vous dise?

— Qu'est-ce qui vous rend si assuré de la culpabilité de Painter? Naturellement je ne suis qu'un profane, mais il me semble qu'il y a un certain nombre de lacunes. Par exemple, plusieurs personnes avaient un intérêt financier à la mort de Mrs. Primero.

Wexford répondit avec froideur :

— Je suis prêt à discuter tous les aspects de l'affaire avec vous.

— Maintenant?

— Pourquoi pas? Avez-vous le rapport d'audience?

Archery le sortit d'une serviette en cuir. Il avait des mains longues et fines, mais nullement féminines. Pendant cinq minutes, Wexford feuilleta le dossier en silence pour se rafraîchir la mémoire puis il leva les yeux et regarda Archery.

— Revenons au samedi vingt-trois septembre, dit-il, la veille du meurtre. Painter ne porta pas le charbon ce soir-là. Les deux vieilles femmes attendirent jusqu'à près de huit heures, et le poêle était sur le point de s'éteindre quand Mrs. Primero décida d'aller se coucher. Alice Flower ne voulut rien entendre et sortit pour aller chercher quelques pelletées.

— Ce fut alors qu'elle se blessa à la jambe.

— La blessure n'était pas grave, mais Mrs. Primero en fut très fâchée et s'en prit à Painter. Vers dix heures, le lendemain matin, elle envoya Alice au garage pour dire à Painter qu'elle voulait le voir à onze heures trente précises. Il se présenta avec dix minutes de retard. Alice le fit entrer au salon et un peu plus tard, elle l'entendit se disputer avec Mrs. Primero.

— Cela m'amène au premier point que je voulais soulever, dit Archery. — Consultant le rapport d'audience, il souligna un paragraphe — Comme vous le savez, cela fait partie de la propre déclaration de Painter. Il ne nie pas la querelle. Il reconnaît que Mrs. Primero le menaça de le renvoyer. Il dit ensuite que Mrs. Primero finit par reconnaître son point de vue. Elle refusa de lui accorder une augmentation parce qu'elle prétendait que si elle cédait, il lui en demanderait une autre dans quelques mois, mais elle promit de lui accorder ce qu'elle considérait comme une sorte de bonus.

— Je me souviens fort bien de cela, dit Wexford avec impatience. Il prétendit qu'elle l'envoya au premier étage pour aller chercher son sac dans l'armoire de sa chambre. Il y avait deux cents livres dans ce sac. Selon lui, Mrs. Primero les lui aurait données à titre de bonus à condition qu'il s'engage à porter le charbon à l'heure convenue. Pas plus que le jury, je n'ai cru un mot de cette histoire.

— Pourquoi cela?

Seigneur! Cela allait être une longue journée, pensa Wexford.

— D'abord parce que, à *La Parcelle de Victor,* l'escalier se trouve placé entre le salon et la cuisine. Alice Flower était précisément dans la cuisine, occupée à préparer le déjeuner. Elle avait une ouïe remarquable pour son âge et elle n'entendit pas Painter monter ou descendre cet escalier. Ensuite, Mrs. Primero n'aurait jamais envoyé le jardinier dans sa chambre. Cela n'était pas dans son caractère. Elle aurait demandé à Alice d'aller chercher l'argent sous un prétexte quelconque.

— Peut-être ne voulait-elle pas qu'Alice le sût.

— C'est certain, aussi ai-je parlé de prétexte. En troisième lieu, Mrs. Primero avait la réputation d'être assez regardante. Alice travaillait chez elle depuis un demi-siècle, mais elle ne lui donnait jamais rien en dehors de ses gages et d'une livre de plus à Noël. Tenez, elle le déclare ici elle-même, noir sur blanc. Par ailleurs, nous savons que Painter avait besoin d'argent. La veille au soir, à l'heure où il aurait dû porter le charbon, il buvait à l'auberge avec un ami de Stowerton. Cet ami avait une motocyclette à vendre et il l'offrit à Painter pour un peu plus de deux cents livres.

Apparemment Painter n'avait aucun moyen de se procurer l'argent, mais il demanda néanmoins à cet ami d'attendre jusqu'au lendemain. Vous dites qu'il reçut cet argent vers midi le dimanche. Je prétends qu'il le vola après avoir brutalement assassiné sa patronne dans la soirée du dimanche. Si vous avez raison, pourquoi ne prévint-il pas son ami le dimanche après-midi? Il existe une cabine téléphonique en bas du sentier. Nous avons contrôlé auprès de cet ami. Il ne bougea pas de chez lui ce jour-là, et le téléphone ne sonna pas.

Wexford venait incontestablement de marquer un point. Archery se contenta de dire :

— Vous pensez donc que Painter ne se rendit dans la chambre de Mrs. Primero après l'avoir tuée, mais il n'y avait aucune trace de sang à l'intérieur de l'armoire.

— Il fut prouvé qu'il portait des gants en caoutchouc. De toute façon, l'accusation démontra qu'il l'assomma d'abord avec le côté plat de la hache, qu'il prit l'argent et qu'en redescendant il l'acheva dans un moment de panique.

Archery haussa les épaules :

— Ne vous a-t-il pas semblé étrange que si Painter était coupable il ait inventé une histoire aussi faible?

— Certains assassins sont stupides. Ils s'imaginent que vous allez les croire. Tout ce qu'ils trouvent à dire c'est qu'il s'agit d'un crime de vagabond. Je vous demande un peu! Depuis combien de temps n'avez-vous pas vu de vagabonds? Plus de seize ans, j'en suis sûr!

— Revenons à notre affaire.

— Bien volontiers, dit Wexford en jetant un rapide coup d'œil sur le rapport pour y chercher la précision dont il avait besoin, Painter affirma qu'il était allé chercher le charbon à dix-huit heures trente. Il précisa même qu'il était sorti de chez lui à 18h 25 parce que sa femme avait dit qu'il restait cinq minutes avant de coucher l'enfant. De toute façon, l'heure n'a guère d'importance. Nous savons que Mrs. Primero a été tué entre 18h 20 et dix-neuf heures. Painter alla fendre du bois et se coupa le doigt. Accidentellement, prétendit-il. Il portait certainement une coupure, mais il se l'était infligée délibérément.

Archery ignora cette déclaration et remarqua seulement :

— Painter et Mrs. Primero appartenaient au même groupe sanguin.

— Effectivement. Ils étaient tous deux du groupe O. On n'était pas plus précis sur ce point à l'époque. C'était commode pour Painter mais en réalité ce ne lui fut pas profitable.

Le révérend se croisa les jambes en s'efforçant de paraître détendu.

— Je suppose que vous avez personnellement interrogé Painter après la découverte du crime.

— Nous nous rendîmes à son logement à 19h 40; Painter était sorti. Mrs. Painter me déclara qu'il était rentré de la grande maison peu après dix-neuf heures trente, qu'il s'était lavé les mains et qu'il était sorti aussitôt en lui disant qu'il allait à Stowertôn voir un ami. Nous étions là depuis environ un quart d'heure lorsqu'il revint. Son histoire ne tenait pas debout. Il y avait beaucoup trop de sang partout pour venir d'une simple coupure au doigt. Vous connaissez la suite. Tout est rapporté ici. Je l'ai inculpé immédiatement.

— Au cours du procès, Painter déclara qu'il ne s'était pas rendu à Stowerton. Il attendit l'autobus au bout du sentier, mais le bus n'arrivait pas, et il vit les voitures de police et se demanda ce qui se passait. De plus, son doigt le faisait souffrir. Il décida de retourner chez lui, pensant que sa femme saurait ce qu'il y avait.

— Après une pause, Archery ajouta : — Cela ne ressemble pas à la déclaration du faible d'esprit que vous voyez en lui.

Wexford répondit avec la patience d'un adulte s'adressant à un enfant.

— Ces déclarations sont arrangées lors de leur rédaction pour les rendre cohérentes. Croyez-moi, vous n'étiez pas là, et j'y étais. Quant à la véracité de ce témoignage, je me trouvais dans une des voitures de police et j'avais les yeux ouverts. Nous passâmes devant l'arrêt de l'autobus. Il n'y avait personne.

— Cela signifie, dans votre esprit, que lorsqu'il prétendait attendre l'autobus, Painter était en réalité occupé à cacher ses vêtements.

— Naturellement, c'était ce qu'il faisait. Lorsqu'il travaillait il portait une blouse bleue. Vous le verrez dans le témoignage de Mrs. Crilling et dans celui d'Alice Flower. Il la pendait généralement derrière la porte de service de la grande maison. Painter prétendit l'avoir portée ce soir-là et l'avoir laissée là. Cette blouse ne fut pas retrouvée. Alice et Roger Primero attestèrent l'avoir vue derrière la porte de service au cours de l'après-midi, mais Mrs. Crilling était certaine qu'elle n'y était plus lorsqu'elle rentra avec sa fille à dix-neuf heures.

— Vous avez finalement retrouvé cette blouse roulée en boule derrière une haie, dans un champ, après l'arrêt de l'autobus.

— La blouse, un pull-over et une paire de gants en caoutchouc. Le tout était taché de sang.

— Mais n'importe qui pouvait avoir porté cette blouse et vous n'avez pu identifier le pull-over.

— Alice Flower déclara tout de même qu'il ressemblait à un pull-over que portait Painter.

Archery poussa un soupir. Après avoir posé des questions pressantes, il gardait maintenant le silence. Une certaine indécision se lisait sur son visage. Wexford attendit.

Enfin, pensait-il, le révérend avait atteint l'instant où il deviendrait nécessaire de révéler ces " raisons personnelles ". Un combat se livrait visiblement en lui. Il demanda d'une voix faussement détachée :

— Que fit la femme de Painter?

— Une épouse ne peut déposer contre son mari. Comme vous le savez elle n'apparut pas au procès. Elle partit avec l'enfant, et deux ans plus tard, j'appris qu'elle s'était remariée.

Il regarda Archery, conscient d'avoir touché un point sensible. Une légère rougeur avait même envahi le visage hâlé du révérend.

— Cette enfant...

— Que vous en dire? Elle dormait dans son lit quand nous fouillâmes la chambre des Painter. Ce fut la seule occasion où il me fut donnée de la voir. Elle avait quatre ou cinq ans.

Archery répondit avec brusquerie :

— Elle a vingt-et-un ans aujourd'hui, et c'est une belle jeune fille.

— Cela ne m'étonne pas. Painter était beau garçon dans son genre et Mrs. Painter fort jolie...

Wexford s'interrompit. Archery était pasteur. La fille de Painter tenait-elle de son père et s'était-elle d'une façon ou d'une autre mise sous sa protection? Le révérend visitait-il les prisons? Après tout, ça le regardait. Que signifiaient toutes ces manœuvres dilatoires? Griswolt pouvait bien aller au diable!

— Que désirez-vous savoir? grogna-t-il, ne croyez-vous pas qu'il serait temps de me dire où vous voulez en venir?

— J'ai un fils, Inspecteur-chef. C'est mon seul enfant. Il a aussi vingt et un ans.

— Eh bien?

De toute évidence, le révérend avait du mal à trouver ses mots :

— Il souhaite épouser Miss Painter, ou plutôt Miss Kershaw comme elle s'appelle aujourd'hui.

— Vous m'excuserez, dit Wexford avec étonnement, mais je ne vois pas comment le fils d'un pasteur anglican a pu rencontrer une jeune fille de la situation de Miss Painter... ou de Miss Kershaw.
— Ils se sont rencontrés à Oxford.
— A l'*université?*
— Oui, Miss Kershaw est une jeune personne intelligente. Elle étudie le grec moderne et prépare une agrégation.

CHAPITRE IV

Si on lui avait demandé de prédire l'avenir de Theresa Painter, qu'aurait-il vu pour elle? Ce genre d'enfant débutait dans la vie avec un lourd handicap. La mère, des parents bien intentionnés, des camarades d'école cruels aggravent souvent la situation. Wexford avait peu songé au destin de la fillette avant ce jour. En y repensant, il se disait qu'il aurait considéré qu'elle avait de la chance si elle était devenue une travailleuse manuelle habile avec peut-être déjà quelques menus délits avec la justice.

Au lieu de cela, Theresa Painter avait apparemment reçu en partage les bienfaits de la civilisation : une instruction poussée, la beauté, des relations amicales avec des gens comme ce révérend, et un tendre attachement avec le fils de celui-ci.

Wexford se souvenait encore de la première de ses trois rencontres avec Mrs. Painter. Il était 19h 40, ce dimanche de septembre. Accompagné du sergent, il avait sonné à la porte, et Mrs. Painter était venue ouvrir. En ce temps-là, ses cheveux étaient naturellement blonds, retombant en boucles sur les oreilles. Elle était légèrement maquillée et au coin de ses yeux, de fines rides commençaient à se former.

Son attitude envers la police fut celle de certaines femmes en voyant des souris ou des punaises. Elle répéta à plusieurs reprises que c'était une honte d'avoir la police chez elle. Ses yeux étaient du bleu le plus intense qu'il ait jamais vu. A aucun moment, elle ne manifesta la moindre pitié ou la moindre horreur pour le geste dont son mari était accusé, mais seulement le souci constant de ce que diraient les gens en apprenant que la police interrogeait son mari.

— Mr. Archery, dit-il, êtes-vous certain qu'il s'agit bien de la fille d'Herbert, Arthur Painter?
— Naturellement, Inspecteur-chef, c'est elle-même qui me l'a dit. Voyez-vous, elle est aussi bonne qu'elle est belle. Lorsqu'elle est venue nous voir à Whitsun, c'était la première fois que nous la rencontrions, bien que notre fils nous eût écrit à son sujet. Elle nous a plu immédiatement.

Après un silence, Henry Archery reprit :
— Les choses ont bien changé depuis ma jeunesse. Je devais admettre la possibilité que mon fils rencontrât une jeune fille à Oxford et voudrait peut-être l'épouser à un âge où je ne me considérais pas encore comme un adulte. J'ai vu les enfants de mes amis se marier à vingt et un ans et j'étais prêt à l'aider. J'espérais seulement qu'il nous amènerait une jeune fille que nous pourrions comprendre et aimer. Miss Kershaw est une jeune personne que j'aurais moi-même choisie pour mon fils. Elle est belle, gracieuse, bien élevée, instruite.

« Ma femme est intuitive. Elle soupçonna tout de suite qu'il y avait du mariage dans l'air. Je trouvais difficile à comprendre pourquoi les deux jeunes gens se montraient aussi réticents. Les lettres de Charles étaient pleines de ses louanges, et je voyais qu'il était sincèrement épris. Alors, elle nous parla. Je me souviens encore de ses mots précis : « Je pense que vous devez savoir quelque chose à mon sujet, Mr. Archery. Le nom de mon père est Painter et il a été pendu pour avoir tué une vieille femme. »

« D'abord, ma femme ne voulut pas le croire. Elle crut qu'il s'agissait d'une sorte de jeu. Mais Charles déclara : « C'est vrai et cela importe peu. Les gens sont ce qu'ils sont et non pas ce qu'étaient leurs parents. » Theresa — nous l'appelons " Tess " — a dit que cela aurait importé s'il avait été coupable, mais qu'il ne l'était pas, et elle se mit à pleurer.

— Pourquoi se fait-elle appeler Kershaw?

— C'est le nom de son beau-père. Ce doit être un homme remarquable. Il est ingénieur électricien, mais il doit surtout être intelligent, compréhensif et très bon. Les Kershaw ont eu deux autres enfants. Cependant, il semble bien que Mr. Kershaw ait toujours traité Tess avec autant d'affection que si elle avait été sa propre fille. Celle-ci affirme que c'est son amour qui l'a aidée à supporter ce que je ne peux appeler que les stigmates du crime de son père, lorsqu'elle l'apprit à l'âge de douze ans. Il suivit ses succès scolaires et l'encouragea à poursuivre ses études.

— Vous avez parlé des " stigmates du crime de son père ", ne dit-elle pas qu'il n'est pas coupable?

— Mon cher Inspecteur-chef, *elle sait* qu'il n'est pas coupable!

— Mr. Archery, je n'ai pas besoin de vous rappeler que lorsque nous parlons d'une personne qui sait quelque chose, nous entendons par là qu'elle a des preuves ne laissant place à aucun doute. Or, il se trouve que moi-même, le jury, le président du tribunal, savons de la façon la plus formelle que Painter a vraiment tué Mrs. Primero.

— Le mère de Tess lui a juré de la façon la plus formelle que son père n'avait pas assassiné Mrs. Primero.

Wexford eut un haussement d'épaules.

— Les gens croient ce qu'ils veulent bien croire. La mère a pensé que c'était la meilleure chose à dire à sa fille. A sa place, j'en aurais fait tout autant.

— Je ne pense pas qu'il s'agisse d'un mensonge pieux. Tess assure que sa mère est une femme froide, à l'esprit pratique. Elle ne parle jamais de Painter. Elle a seulement déclaré très calmement : « Ton père n'a jamais tué personne », et n'a jamais voulu rien ajouter.

— Parce qu'il n'y a rien à ajouter. Ecoutez, monsieur, je crains que vous ne considériez cette affaire d'un point de vue très romantique. Vous vous représentez les Painter comme un couple uni. Le genre " un cœur une chaumière. " Il n'en était rien, croyez-moi. Mrs. Painter n'a pas perdu grand chose en perdant son mari. J'ai la conviction personnelle qu'il n'hésitait pas à la battre quand l'envie lui en prenait. A ses yeux, elle n'était que sa compagne, tout juste bonne à lui préparer ses repas, à tenir sa maison et — si vous voulez bien me pardonnez cette précision — à mettre dans son lit.

— Je ne vois en cela aucune preuve l'accablant.

— Vraiment? Vous me rapportez une déclaration d'innocence proférée par une femme qui l'aurait crue inconditionnellement. Je regrette de vous le dire, mais tout cela ne tient pas debout. A part les quelques minutes passées à la maison quand il revint se laver les mains — et accessoirement cacher l'argent, il n'a jamais été seul avec elle. Du reste, il n'a rien pu lui dire car il n'était pas censé être au courant. Il aurait pu lui avouer son crime, il ne pouvait lui dire qu'il était innocent.

« Quand nous sommes arrivés, nous avons trouvé des traces de sang dans l'évier et d'autres, plus légères, sur les murs de la cuisine. Il avait dû les faire en retirant son pull-over. Dès qu'il revint à la maison, il enleva le bandage de sa main pour nous montrer la coupure. Il tendit le bandage à sa femme, mais il ne s'adressa pas directement à elle pour solliciter son témoignage. Il ne fit allusion à sa femme qu'une seule fois...

— Quand cela?

— Nous découvrîmes le sac avec l'argent sous le matelas de leur lit. Pourquoi Painter n'en aurait-il pas parlé à sa femme s'il avait reçu cet argent légitimement le matin? Voici l'explication qu'il trouva et qui figure dans le rapport d'audience : « Je savais que ma femme voudrait mettre le grappin dessus. Elle me presse toujours d'acheter des choses pour la maison. » Il fit cette déclaration sans même la regarder. Lorsque nous formulâmes l'accusation, il se contenta de dire : « Très bien, mais vous faites erreur. C'est un vagabond qui a fait le coup. » Il nous suivit sans un regard pour sa femme ou son enfant.

— N'a-t-elle pas été le voir en prison?

— Oui, mais toujours en présence d'un officier de police. Vraiment monsieur, personne n'a protesté lors de la condamnation, pas même l'assassin, ce qui est symptomatique. Vous me pardonnerez, mais il m'est impossible de vous suivre.

Silencieusement, Archery sortit une photographie de son portefeuille et la posa sur la table. Elle avait dû être prise dans le jardin du presbytère. Au fond, on voyait un magnolia aussi haut que la maison avec des fleurs blanches en forme de corolle. Sous les branches, se tenaient un garçon et une fille. Il souriait et ressemblait beaucoup au révérend. Wexford s'intéressa peu à lui. En revanche, son attention se porta sur la jeune fille. Elle regardait l'appareil avec de grands yeux calmes. Ses cheveux clairs tombaient sur ses épaules en vagues souples. Elle portait une blouse aux couleurs de son université et une longue jupe serrée par une large ceinture. Elle avait la taille fine et le buste plein. Wexford revit la mère, mais elle tenait la main du garçon au lieu d'un pansement ensanglanté.

— Elle est charmante, dit-il sèchement, j'espère qu'elle rendra votre fils heureux.

Un mélange d'émotion, de chagrin et de ressentiment se refléta dans les yeux du révérend.

— Je ne sais plus quoi ou qui croire, dit-il enfin, et dans une telle incertitude, Inspecteur-chef, je ne suis plus en faveur de ce mariage. Je pourrais même dire que je suis tout à fait contre.

— Et la fille de Painter, qu'en pense-t-elle?

— Elle croit en l'innocence de son père mais elle comprend qui d'autres peuvent en douter. Mise au pied du mur, je ne crois pas qu'elle épouserait mon fils contre notre volonté.

— Que craignez-vous, Mr. Archery?

— L'hérédité.

— Une théorie bien risquée que celle de l'hérédité.

— Avez-vous des enfants, inspecteur-chef?

— J'ai deux filles.

— Sont-elles mariées?

— L'une d'elles seulement.

— Qui est son beau-père?

Pour la première fois, Wexford se sentit supérieur à ce révérend. Une sorte de fierté inconsciente s'empara de lui.

— Il est architecte et conseiller municipal de notre ville.

— Je vois. Et pendant que vos petits enfants construiront déjà des châteaux en Espagne, Inspecteur-chef, je surveillerai les miens dès leur plus tendre enfance, craignant de les voir s'intéresser aux objets durs et pointus.

— Ne disiez-vous pas que si vous y voyiez un inconvénient, elle n'épouserait pas votre fils?

— Ils s'aiment, je ne puis...

— Alors prenez-en votre parti. Qui le saura? Imaginez que Kershaw est son véritable père.

— Je le saurai. Déjà maintenant, je crois voir Painter en la regardant. Ils ont le même sang, Inspecteur-Chef, un sang qui s'est mélangé à celui de Mrs. Primero. Ce sang coulera dans les veines de mes petits-enfants.

Il parut se rendre compte qu'il se laissait entraîner trop loin car il s'interrompit, rougit et ferma les yeux.

— Je souhaiterais pouvoir vous aider, dit Wexford, mais l'affaire est close. Je ne peux rien faire de plus.

Archery cita lentement:

— *Il prit de l'eau et se lava les mains devant la multitude en disant « je suis innocent du sang de ce juste. »* — Puis il ajouta d'un air contrit : — Excusez-moi, Inspecteur-Chef, je n'aurais pas dû faire cette citation. Puis-je vous confier ce que j'ai l'intention de faire?

— Ponce Pilate, c'est moi, déclara Wexford, aussi essayez de me montrer un peu plus de respect à l'avenir.

Burden sourit :

— Que voulait-il exactement, monsieur?

— D'abord que je lui dise qu'il se pouvait que Painter ait été injustement condamné, ce que je ne peux pas faire. Sacré nom d'un chien! Cela reviendrait à reconnaître que j'ignore mon métier! C'était ma première affaire, Mike, et ce fut une chance pour moi qu'elle fût aussi simple. Archery va refaire l'enquête pour son propre compte. C'est sans espoir après seize années, mais il était inutile de le lui faire remarquer. Ensuite, il voulait mon autorisation pour rechercher tous les témoins. Il m'a demandé mon aide au cas où ceux-ci viendraient se plaindre et pleurer dans mon giron.

— Et tout ce qu'il a pour commencer ses recherches est la conviction sentimentale de Mrs. Painter en l'innocence de son mari!

— Ah, tout ça ne vaut pas un pet de lapin! Si vous vous faisiez coffrer, Jean ne déclarerait-elle pas à John et à Pat que vous êtes innocent? Ma femme ne le jurerait-elle pas à nos filles dans les mêmes conditions? C'est naturel. Painter n'a pas fait de confession de la dernière heure, vous savez l'intérêt que les autorités pénitentiaires portent à ce genre de choses. Non, elle a rêvé tout cela et a fini par s'en convaincre.

— Archery l'a-t-il jamais rencontrée?

— Pas encore, mais il s'y prépare. Elle vit avec son second mari à Purley et il a obtenu une invitation pour le thé.

— Vous dites que la jeune fille lui a parlé à la Pentecôte, pourquoi a-t-il attendu aussi longtemps pour agir?

— Je lui ai posé la question. Il m'a répondu que pendant deux semaines, lui et sa femme ont laissé les choses courir. Ils pensaient que leur fils entendrait raison. Mais il s'y refusa. Il s'arrangea pour remettre à son père le rapport d'audience et le poussa à intervenir auprès de Griswold. Naturellement c'est un fils unique et par conséquent très gâté. Le résultat fut qu'Archery s'engagea à faire des recherches dès qu'il aurait quinze jours de vacances.

— Ainsi, il va revenir.

— Cela dépend de Mrs. Painter, dit Wexford.

CHAPITRE V

La maison des Kershaw se trouvait à environ un kilomètre du centre de la ville. C'était une grande bâtisse en briques rouges au milieu d'un jardin planté d'arbres séculaires et agrémenté de pelouses bien entretenues. Sur l'allée cimentée, un garçonnet d'une douzaine d'années lavait une grosse Ford blanche.

Archery gara sa voiture le long du trottoir. A l'encontre de Wexford, il n'avait pas vu les écuries de *La Parcelle de Victor*, mais il avait lu les rapports et il lui sembla que Mrs. Kershaw s'était singulièrement élevée dans le domaine social.

— Ceci est bien la maison de Mr. Kershaw, n'est-ce pas? demanda-t-il au gamin.

— Oui c'est exact.

Il ressemblait à Tess, mais ses cheveux étaient plus blonds et son nez couvert de taches de rousseur.

— La porte est ouverte. Voulez-vous que j'appelle?

— Mon nom est Archery, dit le révérend en lui tendant la main.

Le petit garçon frotta les siennes sur son jean.

— Salut, dit-il.

Un petit homme ridé se présenta sur les marches du porche. Archery s'efforça de ne pas se sentir déçu. Qu'avait-il attendu? certainement pas un homme aussi petit et frêle dans son vieux pantalon de flanelle avec une chemise tricotée et pas de cravate. Mais Kershaw sourit, et les années s'envolèrent. Ses yeux étaient d'un bleu éclatant, ses dents irrégulières mais très blanches.

— Comment allez-vous?

— Bonjour, Mr. Archery, je suis très heureux de

vous rencontrer. En fait, je vous guettais près de la fenêtre.

En présence de cet homme, il était impossible de ne pas se sentir plein d'espoir et presque de gaieté. Archery décela aussitôt en lui une qualité rare qu'il ne lui avait pas été donnée de rencontrer plus d'une demi-douzaine de fois dans toute sa vie. Cet homme s'intéressait à tout. Il irradiait d'enthousiasme et d'énergie. Sa vitalité était irrésistible et contagieuse.

— Entrez donc et venez faire la connaissance de ma femme.

Il s'exprimait avec une voix chaleureuse teintée d'un léger accent cockney qui fleurait bon les frites et le poisson d'East End. En le suivant dans le hall aux murs tapissés de panneaux de bois, Archery se demanda quel âge il pouvait avoir. Peut-être pas plus de quarante-cinq ans. Le feu de la vie, le manque de sommeil pouvaient l'avoir prématurément vieilli.

— Nous nous tenons au salon, dit-il en poussant une porte vitrée, c'est une pièce agréable par un temps pareil. En rentrant du bureau, j'aime m'asseoir devant la porte-fenêtre et regarder le jardin.

— S'asseoir à l'ombre, contempler la verdure...

Archery n'eut pas plus tôt proféré ces paroles qu'il les regretta. Il ne voulait pas placer cet ingénieur dans un fausse position. Kershaw lui décocha un rapide coup d'œil, puis il sourit et dit :

— Miss Austen savait certainement de quoi elle parlait, n'est-ce pas?

Archery entra dans la pièce et s'avança vers la femme qui s'était levée pour l'accueillir.

— Ma femme. Voici Mr. Archery, Irene.

— Comment allez-vous?

Irene Kershaw ne répondit pas, mais elle lui tendit la main avec un sourire. Son visage était celui qu'aurait Tess quand le temps l'aurait marqué. Dans sa jeunesse, elle avait été blonde. Maintenant ses cheveux bien coiffés — peut-être en son honneur — étaient teints en châtain.

— Asseyez-vous, Mr. Archery, dit Kershaw, nous n'allons pas attendre pour servir le thé. La bouilloire est sur le feu, n'est-ce pas, Irene?

Archery prit place dans un fauteuil près de la fenêtre. Le jardin était rempli de roses, de rocailles et de géraniums. Il jeta un rapide regard dans la pièce, nota sa propreté et remarqua le nombre de livres. Des dictionnaires, des encyclopédies, des ouvrages d'astronomie et des livres d'histoire. Il y avait un aquarium avec des poissons tropicaux. Des maquettes d'avion étaient posées sur la cheminée. Des partitions de musique couvraient le grand piano à queue. Sur un chevalet, un portrait à l'huile inachevé, joliment peint, représentait une jeune fille. C'était une grande pièce meublée de façon conventionnelle avec des meubles recouverts de chintz, mais on y découvrait de la personnalité.

— Nous avons eu le plaisir de rencontrer votre fils, dit Kershaw, un charmant garçon, sans prétention. Il me plaît.

Archery resta assis très droit en s'efforçant de ne pas se sentir concerné. Après tout, le charme de Charles n'était pas en question. Brusquement Irene Kershaw prit la parole.

— Nous l'aimons tous ici, dit-elle avec le même accent que celui de Wexford, mais je me demande comment ils comptent se débrouiller. La vie est si dure pour un jeune ménage, et Charles n'a pas encore d'emploi.

Archery était stupéfait. Il commençait à se demander comment il pourrait aborder le sujet qui l'avait amené à Furley.

— Ils ne savent même pas où ils iront vivre, reprit Mrs. Kershaw, ce sont de vrais enfants. Il faut avoir une maison en vue afin d'obtenir un prêt, et ce n'est pas si facile à obtenir.

— Je crois entendre siffler la bouilloire, Irene, dit son mari.

Elle se leva en tirant sur sa jupe avec modestie. C'était une jupe plissée d'un ton neutre. Dessus, elle portait un chandail rose à manches courtes et autour du cou un collier de perles.

— Je ne crois pas que nous en soyons déjà au stade du prêt, dit Kershaw lorsqu'elle fut sortie. Croyez-moi, Mr. Archery, je sais que vous n'êtes pas venu seulement faire une visite protocolaire de futur beau-père.

— Je trouve le sujet plus difficile à aborder que je ne l'aurais cru.

— Cela ne m'étonne pas, dit Kershaw en souriant. Je ne peux rien vous dire sur le père de Tess qui ne soit de notoriété publique.

— Mais sa mère...

— Vous pouvez essayer. En de telles circonstances les femmes voient tout à travers un nuage de fleurs d'oranger. Irene n'a jamais été très en faveur des études que Tess a poursuivies. Elle souhaite la voir mariée et elle fera tout pour aplanir la situation.

— Et vous, que désirez-vous?

— Moi? Oh! je veux voir ma petite Tess heureuse, et le bonheur ne se rencontre pas nécessairement au pied de l'autel. Franchement, Mr. Archery, je ne suis pas sûr qu'elle puisse être heureuse avec un homme qui la soupçonne d'avoir des instincts homicides avant même d'être son fiancé.

— Ce n'est pas du tout cela! — Archery ne s'était pas attendu à se trouver sur la défensive. — Votre belle-fille est parfaite aux yeux de mon fils. C'est moi qui ai décidé de faire une enquête, Mr. Kershaw. Mon fils est au courant. Il le désire pour la tranquillité morale de tous, mais il ignore que je suis ici. Mettez-vous à ma place...

— Mais je m'y suis trouvé. Tess n'avait que six ans quand j'ai épousé sa mère. — Il regarda vers la porte et baissa la voix : — Croyez-vous que je ne l'ai pas surveillée? Que je n'ai pas été sur mes gardes devant les moindres signes de désordre? Quand ma propre fille est née, Tess s'est montrée très jalouse. Un jour, je l'ai trouvée penchée sur le landau de Jill, lui frappant la tête avec un jouet en celluloïd. Heureusement qu'il était en celluloïd!

— Dieu tout puissant! fit Archery en pâlissant.

— Que pouvais-je faire? Il fallait que j'aille travailler. Je devais faire confiance à ma femme. Puis nous avons eu un fils. Vous avez dû le voir dehors, et ma fille se montra aussi jalouse et avec la même violence. Tous les enfants réagissent ainsi.

— Et... avez-vous remarqué d'autres tendances de ce genre?

— Des tendances? Une personnalité n'est pas une question d'hérédité mais d'environnement, Mr. Archery. J'ai voulu que Tess ait le meilleur environnement possible, et je peux dire, en toute modestie qu'elle l'a eu.

Le jardin chatoyait sous la brume de chaleur. Archery vit des choses qu'il n'avait pas remarquées. Sur la pelouse, des traits à la chaux délimitaient un court de tennis. Un clapier à lapins longeait le mur du garage. A sa gauche, sur la cheminée, il aperçut deux invitations à des concerts. Au-dessus une photographie représentait trois enfants en jeans allongés sur une meule de paille. Oui, il y avait eu là le meilleur environnement possible pour la fille d'un assassin.

La porte s'ouvrit, et la jeune fille du portrait entra en poussant la table à thé. Archery, qui étaient trop troublé par cette visite et par la chaleur, vit avec consternation qu'elle était surchargée de pâtisseries faites à la maison. La jeune fille paraissait quatorze ou quinze ans. Elle n'était pas aussi belle que Tess et portait l'uniforme de son collège, mais la vitalité de son père illuminait son visage.

— Voici ma fille, Jill.

Celle-ci ce laissa tomber dans un fauteuil en découvrant généreusement ses longues jambes.

— Assieds-toi convenablement, ma chérie, dit Mrs. Kershaw en servant le thé. Aujourd'hui, elles ne se rendent pas compte qu'à partir de treize ans, elles sont des femmes.

Cette remarque embarrassa Archery mais ne parut pas toucher la jeune fille.

— Goûtez un de ces gâteaux. C'est Jill qui les a faits. J'ai toujours dit à mes filles : les études, c'est bien joli, mais l'algèbre ne vous aidera pas à faire cuire le repas du dimanche. Tess et Jill sont de fins cordons bleus.

— Oh! Maman, je suis pas un bas bleu, et Tess encore moins!

— Tu sais ce que je veux dire. En tout cas, quand mes filles se marieront, leur mari n'hésitera pas à recevoir des amis.

— Voici mon directeur commercial, chérie, dit comiquement Jill, coupe-m'en une tranche et mets-la sur le grill!

Kershaw éclata de rire, puis il baisa la main de sa femme.

— Ne taquine pas Maman, dit-il.

Cette petite scène familiale eut pour résultat de rendre Archery encore un peu plus nerveux. Il se força à sourire d'un air contraint.

— Ce que je veux dire, Mr. Archery, reprit Mrs. Kershaw, c'est que si notre jeune ménage connaît des débuts difficile, Tess n'a pas été élevée dans l'oisiveté et saura mettre la main à la pâte.

— J'en suis persuadé, dit Archery en jetant un coup

d'œil sur Jill qui dévorait à belle dents une tarte aux myrtilles. — C'était maintenant ou jamais, il se jeta à l'eau : — Mrs. Kershaw, je ne doute pas des qualités de Theresa comme épouse... — Non, ce n'était pas vrai, c'était justement ce dont il doutait. Il bafouilla : — Je voudrais vous parler de... — Kershaw n'allait-il pas l'aider? Jill le considérait en fronçant les sourcils. Avec désespoir, il conclut : — Voilà, je voudrais vous parler seule.

Irene Kershaw parut se contracter. Elle posa sa tasse sur le plateau et se croisa les mains. Ces mains avaient beaucoup travaillé et ne portaient qu'une seule bague : son alliance.

— N'as-tu pas de leçons à réviser Jill? demanda-t-elle.

Kershaw se leva en s'essuyant les lèvres.

— Je peux le faire dans le train, protesta Jill.

Archery ne put s'empêcher d'admirer l'autorité de Kershaw en l'entendant déclarer :

— Jill, tu sais ce qui est arrivé à Tess quand elle était petite. Maman doit en discuter avec Mr. Archery. Nous devons les laisser parce que, bien que cela nous regarde, ce n'est pas notre affaire. O.K.?

— O.K., répondit Jill.

Son père la prit par le bras et sortit avec elle dans le jardin.

Il devait commencer, mais il avait chaud et se sentait gauche. Dehors, Jill avait trouvé une raquette de tennis et s'exerçait contre le mur du garage. Mrs. Kershaw prit une serviette à thé et s'essuya délicatement les commissures des lèvres. Elle leva la tête. Leurs yeux se rencontrèrent, et elle détourna les siens. Soudain, Archery eut l'impression qu'ils n'étaient pas seuls, que leurs pensées en se concentrant sur le passé avaient sorti de la tombe une force brutale qui se tenait der-

rière eux en posant une main sanglante sur leurs épaules pour écouter leur jugement.
— Tess dit que vous avez quelque chose à me confier au sujet de votre premier mari, Mrs. Kershaw.
Elle roulait la serviette à thé entre ses doigts. Elle la posa sur la table et porta la main à son collier de perles.
— Je ne parle jamais de lui, Mr. Archery, je préfère que le passé reste le passé.
— Je sais que c'est un sujet délicat, mais si nous pouvons en discuter une seule fois, je vous promets de ne jamais y revenir. Je suis allé à Kingsmarkham aujourd'hui...
Elle saisit la perche :
— Je suppose qu'ils ont construit partout et tout gâché.
— Pas tellement.
Seigneur, ne la laissons pas s'égarer, pas de digressions!
— Je suis née près de là, dans un petit village tranquille. Je croyais y passer ma vie, mais on ne sait jamais ce que vous réserve l'avenir, n'est-ce pas?
— Parlez-moi du père de Tess.
Ses doigts lâchèrent le rang de perles et se croisèrent sur ses genoux. Quand elle se tourna vers lui, son visage était empreint de dignité et tout de suite, il comprit que sa démarche était sans espoir.
— Le passé est le passé. Je n'ignore pas vos difficultés. Le père de Tess n'était pas un assassin, vous pouvez croire ma parole. Il était bon et délicat et n'aurait pas fait de mal à une mouche.
Archery explosa :
— Mais enfin comment le savez-vous? Comment pouvez-vous en être si sûre? Mrs. Kershaw, je vous en conjure, si vous avez vu ou entendu quelque chose...
Dans sa main tremblante le rang de perles se brisa,

et les perles se répandirent dans toutes les directions. Elle eut un petit rire d'excuse :

— Regardez ce que j'ai fait!

Elle s'agenouilla pour ramasser les perles éparses et les plaça dans une soucoupe.

— J'insiste pour qu'il y ait un mariage en blanc, dit-elle, la tête derrière la table à thé.

La simple politesse exigeait que lui aussi se mît à genoux pour l'aider dans sa quête.

— Priez votre femme de me soutenir. Oh! merci beaucoup, regardez il y en a encore une près de votre pied gauche.

Toujours à quatres pattes, il se retourna et rencontra son regard sous la nappe.

— Tess est bien capable de se marier en jean si la fantaisie la prend. Verriez-vous une objection à ce que la réception ait lieu ici? C'est une si belle pièce.

Archery se leva et lui tendit trois autres perles. Il sursauta lorsque la balle de tennis vint frapper le carreau. On aurait dit un coup de feu.

— Allons, Jill, cela suffit, dit Mrs. Kershaw en ouvrant la fenêtre, je te l'ai dit cent fois, je ne veux plus de vitres brisées!

Archery la considéra. Elle était contrariée et même un peu choquée. Il se demanda si elle avait eu cette même expression réprobatrice ce dimanche soir lorsque la police avait envahi sa maison. Etait-elle capable d'une plus grande émotion que cette irritation devant une perturbation à sa tranquillité personnelle?

— On ne peut jamais discuter calmement avec des enfants autour de soi, n'est-ce pas? dit-elle.

En moins d'un instant, toute la famille se trouva réunie. Jill protestait avec truculence, le garçon qu'il avait vu en arrivant réclamait son goûter et Mr. Kershaw était plus frétillant que jamais.

— Viens m'aider à laver les tasses, Jill. Mr. Archery, je vais vous dire au revoir maintenant. Vous avez une longue route à faire et je sais que vous ne voulez pas vous retarder. — Le sourire faisait passer ce que cette déclaration avait d'impoli. — Si nous ne nous rencontrons pas avant le grand jour, nous nous verrons à l'église.

La porte se referma.

— Que vais-je faire? dit Archery.

— A quoi vous attendiez-vous? demanda Kershaw. A une sorte de preuve, un alibi qu'elle seule pourrait produire?

— Et vous, la croyez-vous?

— C'est une autre question. Voyez-vous, cela m'est égal. Il est si facile de ne rien demander. La sagesse est de ne rien faire et d'accepter.

— Mais cela ne m'est pas égal, dit Archery, si Charles épouse votre belle-fille, je devrai quitter l'église. Je ne pense pas vous compreniez le genre d'endroit où je vis, le genre de gens...

— Oh! je crois que vous exagérez l'importance des choses. Qui le saura? Tout le monde ici pense que Tess est ma fille.

— Je le saurai.

— Pourquoi diable vous en a-t-elle parlé? N'aurait-elle pas mieux fait de se taire?

— La condamnez-vous pour son honnêteté?

— Oui, Bon Dieu, certainement!

Le juron fit tressaillir Archery tandis que Kershaw reprenait :

— La meilleur politique est la discrétion et non l'honnêteté. Pourquoi diable vous inquiétez-vous, du reste? Vous savez très bien qu'elle ne se mariera pas si vous refusez votre consentement.

— Et quelles relations aurais-je avec mon fils dans ce cas? — Il contrôla sa voix pour ajouter : — Il me faudra trouver un autre moyen. Votre femme est si sûre d'elle.

— Elle n'a jamais faibli.

— Alors je vais retourner à Kingsmarkham, c'est un espoir assez vain, je le sais. — Il ajouta avec une absurdité dont il eut conscience : — Merci d'avoir essayé de m'aider... et de cet excellent thé.

CHAPITRE VI

L'homme était étendu sur le dos au milieu du carrefour. En sautant de sa voiture, l'inspecteur Burden n'eut pas besoin de demander où se trouvait la victime et qui était responsable de l'accident. Tout était devant ses yeux, comme un des films de propagande du Ministère des transports.

Une ambulance attendait, mais personne n'essayait de soulever l'homme. Inexorablement et avec une sorte d'indifférence les deux signaux oranges du passage clouté continuaient à clignoter. Un peu plus loin, le capot écrasé contre une borne à demi renversée, se trouvait une Mini blanche.

— Ne peut-on l'enlever de là? demanda Burden.

Le médecin fut laconique.

— Ses minutes sont comptées.

Il s'agenouilla et prit le poignet du blessé, puis il se redressa en essuyant ses doigts tachés de sang.

— Je me hasarderai à diagnostiquer une fracture de la colonne vertébrale et un foie éclaté. L'ennui est qu'il est encore plus ou moins conscient et que nous lui ferions subir un véritable supplice en essayant de le bouger.

— Pauvre diable! Qu'est-il arrivé? Y a-t-il eu des témoins de l'accident?

Son regard parcourut un groupe de femmes d'un certain âge, quelques passants attardés et des couples qui se promenaient. Les derniers rayons de soleil jouaient sur leurs visages. Burden connaissait cette Mini. Il avait déjà vu ce stupide emblème collé sur la lucarne arrière montrant une tête de mort et les mots : *Vous avez été mini... misé!* Il n'avait jamais trouvé cela drôle. Maintenant, avec cet homme étendu là, cela ressemblait à quelque odieuse plaisanterie macabre.

Une jeune fille était couchée sur le volant. Dans un geste de défense ou de remords, elle avait rejeté ses courts cheveux noirs en arrière, et ses ongles rouges ressemblaient à des griffes.

— Ne vous inquiétez pas pour elle, dit le médecin sur un ton méprisant, elle n'a aucun mal.

— Vous, madame, dit Burden en s'adressant à la plus calme des femmes qui se trouvaient là, avez-vous assisté à l'accident?

— Oh! oui, ce fut horrible! Elle roulait à une allure folle, la sale petit garce!

Burden se tourna vers un homme d'un certain âge, tenant un chien en laisse :

— Et vous monsieur, pouvez-vous me donner quelques renseignements?

— Cet homme, dit l'interpellé en montrant le blessé, a regardé à droite et à gauche avant de s'engager. Il n'a rien vu venir car la vue n'est pas très dégagée à cause du pont.

— Oui, je comprends.

— Il était au milieu du passage clouté quand cette voiture blanche a surgi. Elle roulait au moins à cent à l'heure. Ces Minis peuvent marcher très vite quand le moteur est poussé. L'homme voulut revenir sur ses pas. Il n'en eut pas le temps. Tout se passa très vite. La voiture l'a heurté de plein fouet. La conductrice tenta de freiner. Je n'oublierai jamais ce bruit. Le crissement des pneus et le cri de l'homme. Il a mis les bras en avant et a été projeté sur la chaussée comme un fétu de paille.

Burden demanda à un constable de prendre les noms et adresses des témoins avant de se diriger vers la Mini. Une femme lui toucha le bras.

— Le blessé réclame un prêtre. Il n'a cessé de le demander. « Faites venir le Père Chiverton », a-t-il dit comme s'il se rendait compte qu'il s'en allait.

— Est-ce exact? demanda Burden au Dr Crocker.

Celui-ci acquiesça. Le mourant était maintenant recouvert avec la veste d'un des policiers. On lui avait glissé un imperméable sous la tête.

— Il a demandé le père Chiverton, mais franchement je me suis préoccupé davantage de sa condition physique que spirituelle.

— C'est donc un catholique.

— Seigneur! Non. Quelle bande d'athées vous êtes, vous autres flics! Chiverton est le nouveau vicaire. Ne lisez-vous jamais les nouvelles locales?

— Mais *Père?*

— C'est un intégriste. Genuflexion et chants eucharistiques. Tout le tremblement. — Le docteur toussota avant d'ajouter : — Je suis moi-même congrégationaliste.

Burden s'approcha. Le visage de l'homme avait une pâleur de cire mais ses yeux étaient ouverts. Avec un petit choc, Burden s'aperçut qu'il était jeune. Peut-être pas plus de vingt ans.

— Désirez-vous quelque chose, mon vieux? Nous allons vous transporter à l'hôpital dans quelques minutes.

— Le père Chiverton, dit le jeune homme d'une voix

sans timbre... le père Chiverton... confesser... expier... pardonner à ceux qui ont péché...

— Maudite religion, dit le médecin ne peut-on laisser un homme mourir en paix?

— Vous devez être un homme écouté chez les congrégationalistes, grogna Burden. — Il se releva en soupirant et dit : — De toute évidence il souhaite se confesser. Je suppose que la confession existe dans l'Eglise d'Angleterre.

— Vous pouvez vous confesser si vous le désirez, mais ce n'est pas une obligation. C'est une des beautés de l'Eglise d'Angleterre. — Voyant le regard furieux de Burden, il ajouta : — Ne vous fâchez pas. Nous avons envoyé quelqu'un chercher Chiverton, mais lui et son curé étaient partis à quelque conférence.

— Constable Gates, appela Burden, filez à Stowerton et ramenez le vicaire.

— Nous avons déjà essayé Stowerton, sans succès, monsieur.

— Oh! Seigneur!

— Excusez-moi, monsieur, mais l'Inspecteur-Chef n'avait-il pas rendez-vous avec un révérend cet après-midi? Je pourrais aller au poste de police et...

Burden ouvrit de grands yeux. Le poste de police de Kingsmarkham était apparemment devenu le champ de bataille de l'église militante.

— Allez le chercher et faites vite.

Il se pencha pour murmurer quelques paroles d'encouragement au mourant et alla vers la jeune fille qui s'était mise à sangloter.

Elle ne pleurait pas sur ce qu'elle avait fait, mais sur ce qu'elle avait vu deux heures plus tôt. Depuis deux ou trois ans, elle souffrait de ce qu'elle appelait des " cauchemars éveillés " et elle pleurait parce que ces cauchemars ne se dissipaient pas et que le remède qu'elle avait essayé n'avait pas effacé l'image de son esprit.

Elle avait vu la photographie à la devanture de l'agence immobilière alors qu'elle revenait de son travail. Elle représentait la maison, non pas telle qu'elle était maintenant, délabrée au milieu du jardin en friche, mais telle qu'elle était autrefois. Les agents immobiliers, avait-elle pensé, veulent vous faire croire des choses qui n'existent pas. Vous? Dès qu'elle s'était aperçue qu'elle s'adressait à elle en disant " vous ", elle avait compris que tout recommençait. Alors, elle était montée dans la Mini et elle était partie pour Flagford, loin de tous ces souvenirs douloureux, et elle s'était mise à boire pour oublier.

Mais le cauchemar demeurait. Elle était à nouveau dans la grande maison où elle entendait des voix qui discutaient et qui étaient ennuyeuses...

Si ennuyeuses que vous vous réfugiez dans le jardin où vous rencontrez la petite fille. Vous allez vers elle et vous lui demandez.

— Aimes-tu ma robe?

— Elle est jolie, répond-elle sans paraître se soucier qu'elle soit plus jolie que la sienne.

La petite fille joue sur un tas de sable et fait des pâtés dans une vieille casserole sans manche. Vous restez là à la regarder et vous jouez avec elle. Après cela vous allez tous les jours retrouver cette petite fille, loin des regards de la grande maison. Le sable est chaud et doux au toucher. Vous vous entendez bien avec cette petite fille qui est la seule que vous ayez jamais connue. Vous connaissez beaucoup de grandes personnes, mais vous ne les comprenez pas. Vous ne savez pas pourquoi elles parlent toujours d'argent si bien que vous avez l'impression de voir des pièces de monnaie sortir de leurs lèvres et tomber de leurs doigts crochus comme dans les contes de fées.

La petite fille a de la chance car elle vit dans un

arbre. Naturellement, ce n'est pas un arbre véritable, mais une maison entourée de branches et de feuilles. Le sable n'est pas sec comme celui du désert dans lequel vous vivez maintenant, mais frais et humide comme celui de la plage. Il est sale aussi et vous avez peur de vous faire gronder si vous salissez votre jolie robe.

Alors vous pleurez et vous tapez du pied, mais vous ne pleurez jamais aussi fort que maintenant devant cet inspecteur de police plutôt joli garçon qui s'approche de votre voiture avec des yeux chargés de colère.

Pensait-il sérieusement qu'il trouverait quelque chose de nouveau après tant d'années?

Archery réfléchit à la question avant de répondre à Wexford. C'était plus une question de foi qu'une véritable croyance en l'innocence de Painter. Mais foi en quoi? Sûrement pas en Mrs. Kershaw. Peut-être était-ce la certitude puérile que de telles choses ne pouvaient arriver à quelqu'un qui le connaissait, lui, le Révérend Archery. La fille d'un assassin ne pouvait ressembler à Tess. Kershaw n'aurait pu l'aimer. Charles n'aurait pas voulu en faire sa femme.

— Il ne peut y avoir de mal à voir Miss Flower, dit-il. J'aimerais aussi rencontrer les petits-enfants Primero, surtout le petit-fils.

Pendant un moment, Wexford ne répondit pas. Il avait entendu parler de la foi qui soulève des montagnes, mais tout ceci était simplement absurde. Par expérience, il savait combien il est difficile de trouver un assassin lorsqu'une semaine s'est écoulée après le crime. Archery se proposait d'ouvrir une enquête une décennie et demie trop tard et il n'avait aucune expérience.

— Je devrais vous décourager, dit-il, vous ne savez pas ce que vous entreprenez. Mais enfin... Alice Flower est dans le service de gériatrie de l'hôpital de Stowerton. Elle est paralysée. Je ne sais même pas si elle est capable de se faire comprendre.

— Où pourrais-je trouver Mrs. Crilling?

Wexford fit la grimace.

— Elle habite Glebe Road. Je ne me souviens pas du numéro, mais je peux vous le procurer. — Il se tourna pour regarder Archery bien en face : — Vous perdez votre temps. Je suis certain que je n'ai pas besoin de vous recommander d'être prudent quand il s'agira de lancer des accusations non fondées.

Archery eut du mal à soutenir ce regard pénétrant.

— Mon souci, Inspecteur-chef, n'est pas de trouver un autre coupable, mais de prouver l'innocence de Painter.

— Je crains fort que l'un ne soit précisément la conséquence de l'autre. Je ne veux pas d'ennuis... — Il fut interrompu par quelqu'un qui frappait à la porte : — Oui? Qu'est-ce que c'est?

— Un accident vient de survenir au carrefour de High Street...

— En quoi cela me concerne-t-il?

— Gates vient d'arriver, monsieur. Une Mini immatriculée LMB 12 M a renversé un piéton. Il semblerait que le blessé réclame un prêtre, et Gates s'est rappelé que Mr. Archery était ici.

Wexford pinça les lèvres. Archery allait être surpris. Avec toute la courtoisie dont il était parfois capable, le policier dit au vicaire de Thringford :

— On dirait que le bras séculier a besoin d'assistance spirituelle, monsieur, auriez-vous la bonté...

— Naturellement, tout de suite, dit Archery en se tournant vers le sergent : Le blessé est-il en danger de mort?

— Hélas oui, monsieur, il n'y a aucun espoir de le sauver. Il est même intransportable.

— Je vous accompagne, décida Wexford.

En tant que prêtre de l'église anglicane, Archery était tenu d'entendre la confession quand les circonstances l'exigeaient.

Jusqu'à ce jour, toutefois, sa seule expérience en la matière concernait une certaine Miss Baylis, vieille fille de la paroisse qui — selon Mrs. Archery — était amoureuse de lui et qui lui demandait de l'entendre en confession chaque vendredi matin.

Wexford le conduisit lui-même sur les lieux de l'accident. Le jeune blessé n'avait visiblement plus que quelques minutes à vivre. Archery s'agenouilla près de lui et pencha son oreille vers les lèvres exsangues. D'abord, il n'entendit qu'une respiration courte et difficile, puis il crut percevoir les mots " ordres religieux ". Il se pencha un peu plus pour entendre la confession qui se poursuivit d'une manière saccadée. Il s'agissait d'une jeune fille, mais les phrases étaient incohérentes. Il ne put rien en déduire.

L'église anglicane n'a pas de sacrement comparable à l'extrême-onction. Archery se contenta de murmurer : tout ira bien. La voix du blessé s'enroua. Un flot de sang s'échappa de ses lèvres, éclaboussant les mains jointes du révérend.

— Nous remettons, Seigneur, l'âme de ton serviteur, notre frère, entre tes mains miséricordieuses.

Sa voix se brisa de compassion. La main du médecin essuya les doigts d'Archery, puis se posa sur le cœur qui avait cessé de battre. Wexford regarda le médecin qui eut un imperceptible haussement d'épaules. Personne ne parla. Dans le silence, on entendit crisser les freins d'une voiture qui avait pris le virage trop court et qui tourna dans Queen's Street. Wexford remonta la veste sur le visage du mort.

Malgré la chaleur, Archery frissonna. Il se redressa avec difficulté. Il éprouvait un terrible sentiment de solitude. La tête lui tournait. Le seul endroit où il pouvait s'appuyer était l'arrière de la Mini blanche.

Au bout d'un moment, il ouvrit les yeux et s'approcha de l'avant de la voiture où se tenait Wexford qui regardait la jeune fille brune affalée sur le volant. Cela ne concernait pas Archery. Il voulait seulement demander à l'inspecteur où il pourrait trouver un hôtel pour passer la nuit. Quelque chose dans l'expression du policier le fit hésiter. Il vit Wexford taper sur la vitre qui glissa lentement tandis que la jeune fille à l'intérieur levait un visage en pleurs.

— C'est une vilaine affaire, dit Wexford, une très vilaine affaire, Miss Crilling.

— Les voies de Dieu sont insondables, dit Wexford tandis qu'ils traversaient le pont en compagnie d'Archery.

— C'est exact, répondit le révérend avec le plus grand sérieux.

Il s'arrêta et posa la main sur le parapet de granit et regarda couler l'eau sombre en dessous. Un cygne passa sous le pont et plongea son long cou dans les herbes.

— Est-ce bien cette jeune fille qui a trouvé autrefois le corps de Mrs. Primero?

— Oui, c'est Elizabeth Crilling, une des plus folles jeunes personnes de Kingsmarkham. Un ami — je peux même préciser un ami très intime — lui a offert cette Mini pour son vingt-et-unième anniversaire. Elle a représenté un danger constant depuis lors.

Archery resta silencieux. Tess et Elizabeth Crilling avaient le même âge. Leurs vies avaient débuté ensemble, presque côte à côte. Chacune d'elles avait dû se promener dans les rues de Stowerton et jouer dans les champs derrière *La Parcelle de Victor*. Les Crilling étaient des gens à leur aise, bourgeois de la classe moyenne. Les Painter étaient pauvres. Il revit le visage ravagé par les larmes où le maquillage avait coulé et se souvint des mots crus qu'elle avait proférés à l'adresse de Wexford. Un autre visage se superposa à celui d'Elizabeth Crilling, les traits fins, les yeux calmes et brillants d'intelligence sous la frange de cheveux blonds Wexford interrompit le cours de ses pensées.

— Elle a été trop gâtée, naturellement. Mrs. Primero la faisait venir tous les jours et la gavait de bonbons et de douceurs. Après le meurtre, Mrs. Crilling dut la conduire chez un psychiatre. Dieu sait le nombre d'écoles d'où elle a été renvoyée et très tôt, elle a eu maille à partie avec la police.

Et pourtant, c'était Tess dont le père avait été un meurtrier que l'on aurait pu s'attendre à voir mal tourner. Tess n'avait connue qu'une seule école, une seule université. La fille de l'amie innocente était devenue une délinquante, la fille de l'assassin un parangon de vertu. Certes, les voies du Seigneur étaient insondables.

— Inspecteur-chef, je désirerais vivement m'entretenir avec Mrs. Crilling.

— Si vous voulez assister à l'audience spéciale qui aura lieu demain matin au tribunal, il est probable que vous y rencontrerez Mrs. Crilling. Peut-être sera-t-il encore fait appel à vous dans l'exercice de votre sacerdoce et alors qui sait...

Archery se rembrunit.

— Je préfèrerais avoir une conversation privée. Je ne veux rien faire sous le couvert de la confession.

— Ecoutez, monsieur, dit Wexford avec brusquerie, si vous vous mêlez de cette affaire, ce ne peut être qu'à titre officieux. Vous n'avez aucun droit véritable à poser des questions à des gens innocents et, s'ils se plaignent, je ne pourrais vous couvrir.

— Je m'expliquerai clairement avec elle. Pourrais-je lui parler?

Wexford se racla la gorge.

— Connaissez-vous la première partie de *Henry IV* de Shakespeare?

Un peu surpris, Archery acquiesça. Wexford s'arrêta sous l'arche qui conduisait à la cour intérieur d'Olive & Dove.

— La citation que j'ai à l'esprit est la réplique d'Horspur à Mortimer quand celui-ci prétend pouvoir appeler les esprits des vastes profondeurs. Cette réponse m'a souvent été utile dans mon travail lorsque j'étais un peu trop optimiste. — Se raclant encore la gorge, il déclama : — *Si je le peux, n'importe quel homme le peut, mais les esprits répondront-ils à notre appel?* Bonne nuit, monsieur j'espère que vous trouverez l'hôtel confortable.

CHAPITRE VII

Deux personnes étaient assises à l'audience du tribunal de Kingsmarkham, Archery et une femme avec des traits accusés. Ses longs cheveux, mal entretenus et la cape qu'elle portait lui donnaient une apparence médiévale. C'était probablement la mère de l'accusée que le greffier avait appelée : Elizabeth Anthea Crilling, 24 A Glebe Road. Elle ressemblait à sa mère, et les deux femmes échangèrent des regards inquiets. Un fil invisible semblait relier la mère et la fille, mais il était difficile de dire si c'était un lien d'affection ou de haine. Toutes les deux étaient mal vêtues, sales, mais chacune d'elles possédait une passion qui la mettait hors du commun.

Archery savait que le tribunal ne pouvait que formuler l'acte d'accusation. Les témoignages qui avaient été rapportés étaient tous contre Elizabeth. Selon la déclaration du patron du *Cygne* de Flagford, elle avait bu à son comptoir plus que de raison et, quand il avait refusé de continuer à la servir, elle s'était mise à faire du scandale au point qu'il avait été obligé de la menacer de faire appel à la police.

— Il ne me reste pas d'autre alternative que de vous renvoyer pour jugement aux assises de Lewes, dit le président.

Un cri s'éleva dans la salle :

— Qu'allez-vous lui faire? Vous n'allez pas la mettre en prison!

Sans bien se rendre compte de ce qu'il faisait, Archery se leva pour venir se placer à côté de Mrs. Crilling. Au même moment, le sergent Martin s'approcha :

— Allons, madame, il vaut mieux sortir.

Elle se redressa en faisant voler sa cape :

— Je ne vous permettrai pas de mettre mon bébé en prison. Je vous défends de me toucher, sale flic!

— Faites sortir cette femme, dit le magistrat d'une voix calme.

Mrs. Crilling se retourna vers Archery :

— Vous avez l'air bon, monsieur, êtes-vous un ami?

Archery fut horriblement embarrassé.

— Je crois que vous pouvez demander une mise en liberté sous caution, murmura-t-il.

Une auxiliaire de la police s'approcha à son tour.

— Allons, venez, Mrs. Crilling.

— Je demande une mise en liberté sous caution. Ce monsieur est un vieil ami et il dit que j'y ai droit. Je veux que les droits de mon bébé soient respectés!

— Nous ne pouvons tolérer ces désordres, dit le magistrat en jetant un regard de reproche à Archery qui s'était assis. Dois-je comprendre que vous demandez une mise en liberté sous caution? demanda-t-il à Elizabeth qui hocha la tête avec défi.

— Une bonne tasse de thé vous remettra, Mrs. Crilling, dit l'auxiliaire de la police, venez maintenant.

Elle entraîna la vieille femme en la soutenant. Le juge s'entendit avec ses assesseurs et une mise en liberté sous caution de cinq cents livres fut décidée.

— Levez-vous, s'il vous plaît, dit l'huissier.

La séance était levée. De l'autre côté de la salle, Wexford rangeait des papiers dans sa serviette.

— Un ami dans la peine... dit-il à Burden en regardant en direction d'Archery, croyez-en mon expérience, il va avoir du mal à se débarrasser de la mère Crilling. Souvenez-vous quand nous avons dû la faire sortir du service psychiatrique de Stowerton. Vous étiez son ami, alors. Elle voulait absolument vous embrasser!

— Ne me rappelez pas cela!

— Curieuse affaire ce qui s'est passé hier soir. Je veux dire qu'il est étrange qu'il se soit trouvé juste là pour ouvrir à ce malheureux jeune homme le chemin du ciel. Il m'est déjà arrivé une fois dans ma vie d'assister à pareille coïncidence.

Wexford se dirigea vers le révérend.

— Bonjour, monsieur. J'espère que vous avez bien dormi. Je disais justement à l'inspecteur Burden qu'un jeune garçon avait été tué à Forby à peu près dans les mêmes conditions peu après mon arrivée ici, il y a une vingtaine d'années. Je ne l'ai jamais oublié. Il était jeune, lui aussi, et avait été renversé par un camion, mais il ne restait pas tranquille et criait à propos d'une fille et d'un gosse. — Il fit une pause... — Qu'avez-vous dit? Rien? J'avais cru... lui aussi réclamait un prêtre.

— J'espère qu'il n'est pas mort sans le soutien de l'église.

— Hélas oui. Il est mort sans recevoir l'absolution. La voiture du vicaire était tombée en panne en cours de route. Curieux. Je ne l'ai jamais oublié. Il s'appelait Grace. John Grace. Venez-vous?

Comme ils sortaient du tribunal, l'auxiliaire de la police s'approcha de Wexford.

— Mrs. Crilling m'a laissé un mot pour Mr. Archery.
— Suivez mon conseil, dit Wexford, déchirez ce billet sans le lire. Cette femme est folle à lier. Mais Archery avait déjà ouvert l'enveloppe. Il lut :

Cher monsieur,
On me dit que vous êtes un homme de Dieu, que son nom soit béni. Dieu vous a envoyé pour m'aider moi et mon bébé. Je serai chez moi cet après-midi pour vous remercier en personne.

Votre amie affectionnée,
Josephine CRILLING

La chambre d'Archery combinait de façon charmante l'ancien et le moderne. Le plafond avait des poutres apparentes, les murs étaient peints en rose et laissaient voir des colombages, mais il y avait aussi une confortable moquette, un éclairage adéquat et le téléphone. Après s'être lavé les mains au lavabo rose — une salle de bains privée étant à ses yeux une extravagance — il décrocha le téléphone et appela sa femme à Thringford.

— Chérie?
— Henry! Dieu merci, tu as téléphoné. J'ai essayé en vain de te joindre à ton hôtel.
— Pourquoi? Que se passe-t-il?
— Je viens de recevoir une lettre de Charles. Cette pauvre Tess a téléphoné à ses parents hier soir et elle a rompu ses fiançailles. Elle dit que ce ne serait pas juste envers nous.
— Et...
— Charles dit que si Tess refuse de l'épouser, il quit-

tera Oxford et s'engagera pour aller combattre les Zimbabwe en Afrique.
— C'est ridicule!
— Il affirme que rien ne pourra le retenir.
— Est-ce tout?
— Oh! non, voyons, j'ai sa lettre là... A quoi sert que Père prêche toujours la foi et la charité s'il refuse de croire en la parole de Tess et de sa mère. J'ai étudié l'affaire, et elle est pleine de lacunes. Je pense que Père pourrait s'adresser au procureur général pour faire rouvrir l'enquête s'il voulait seulement s'en donner la peine. Pour commencer, il y a une question d'héritage à laquelle personne ne s'est jamais intéressé. Trois personnes ont touché de fortes sommes d'argent, et l'une d'elles au moins se trouvait sur les lieux du crime le jour de la mort de Mrs. Primero.
— Très bien, soupira Archery, je te rappelle seulement, Mary, que j'ai la transcription du procès et que cela m'a coûté deux cents livres. A part cela, qu'y a-t-il de nouveau?
— Mr. Sims se conduit bizarrement. — Mr. Sims était le curé d'Archery — Miss Baylis prétend qu'il garde le pain de la communion dans sa poche et que ce matin elle a trouvé un long cheveu blond dans sa bouche.
Archery sourit. Sa femme était plus à son aise dans ces cancans de la paroisse que dans une affaire de meurtre. Brusquement sa présence affectueuse lui manqua, et une vague de tendresse l'envahit.
— Ecoute-moi, chérie, réponds à Charles et sois diplomate. Dis lui combien tu admires l'attitude de Tess et ajoute que j'ai eu des entretiens intéressants avec la police. S'il y a la moindre possibilité de faire reviser le procès, j'en référerai au procureur général.
— C'est merveilleux, Henry! Oh! Poussy-cat a attrapé

une souris et l'a laissée dans la baignoire. Tu lui manques ainsi qu'à Blackie.

— Dis-leur que je vais rentrer bientôt.

Il descendit dans la salle de restaurant et commanda un navarin d'agneau et une demi-bouteille de vin d'Anjou. Toute les fenêtres étaient ouvertes, mais certaines avaient les volets fermés.

A part lui et une demi-douzaine de pensionnaires âgés, la salle était déserte lorsque le maître d'hôtel introduisit un couple. Archery se demanda si la direction autorisait le caniche que la jeune femme tenait dans ses bras. Le maître d'hôtel souriait avec déférence.

L'homme était petit, brun et aurait été bel homme sans ses yeux rougis et larmoyants. Archery pensa qu'il portait peut-être des verres de contact. Il ouvrit un paquet de cigarettes qu'il rangea dans un étui en or. En dépit de son aspect distingué, il y avait quelque chose de sauvage dans la façon dont il déchira le paquet d'une main nerveuse. Une alliance et une chevalière en or brillaient à son doigt. Archery s'amusa en constatant qu'il portait également une épingle de cravate en saphir et des boutons de manchette assortis.

En revanche, la jeune femme ne portait aucun bijou. Elle était simplement vêtue d'une robe de soie crème. Tout en elle, des cheveux blonds au teint clair et transparent, avait un éclat délicat. C'était certainement une des plus belles femmes qu'il ait jamais vues. Comparée à elle, Tess n'était qu'une quelconque jolie fille. En regardant cette femme, Archery pensa à une orchidée ou à une rose thé venant d'être cueillie et gardant encore quelques gouttes de rosée.

Entre la grande rue de Kingsmarkham et la route de Kingsbrook se trouvait une rangée de villas bon marché couvertes d'un enduit gris qui paraissaient encore plus tristes sous ce soleil éclatant.

Archery trouva Glebe Road en s'adressant à un jeune agent de police qui réglait la circulation à un carrefour. Droite, longue et impersonnelle, Glebe Road ressemblait à une voie romaine. Les maisons en torchis n'avaient aucune menuiserie. Les encadrements des fenêtres étaient en métal, les porches en plâtre. Çà et là, on apercevait des seaux à ordure et des tas de charbon dans les cours. La rue était numérotée à partir de Kingsbrook Road, et Archery dut parcourir un demi-mille avant de trouver le N° 24.

Il poussa la grille et vit que l'auvent couvrait non pas une porte mais deux. La maison avait été divisée en deux petits appartements. Il frappa à la porte du N° 24 A et attendit.

N'obtenant pas de réponse, il frappa encore. Un son grinçant se fit entendre, et un petit garçon apparut sous le porche juché sur des patins à roulettes. Il ne regarda même pas le révérend.

Indécis, Archery attendit quelques instants. A l'intérieur, une porte claqua. Il y avait donc quelqu'un. Il fit le tour de la maison et se trouva nez à nez avec Elizabeth Crilling. De toute évidence elle se préparait à sortir. La robe noire qu'elle portait le matin avait été changée pour une courte robe de coton bleu qui la moulait étroitement. Aux pieds, elle avait des sandales blanches à hauts talons et elle tenait à la main un grand sac en plastique blanc orné d'une chaîne dorée.

— Que voulez-vous? demanda-t-elle. Si vous êtes représentant, vous vous trompez d'adresse.

Elle ne semblait pas savoir qui il était. De près, elle avait l'air prématurément vieille et flétrie.

— J'ai vu votre mère ce matin au tribunal. Elle m'a demandé de venir la voir.

Elle haussa les épaules avec un demi-sourire qui la fit soudain paraître plus jeune.

— C'était ce matin.
— Est-elle là? Puis-je entrer?
— Comme il vous plaira.

Elle s'éloigna en ondulant des hanches et en faisant claquer ses hauts talons.

Sans savoir pourquoi, Archery évoqua la femme exquise qu'il avait vue au restaurant et son teint de lys et de rose.

Elizabeth Crilling se retourna et lança par dessus son épaule :

— Vous pouvez entrer. Elle ne vous mordra pas. Du moins, je l'espère. Elle m'a mordu un jour, mais elle avait... des circonstances atténuantes.

Archery entra dans le hall. Il y avait trois portes, mais elles étaient toutes fermées. Il toussota et appela : Mrs. Crilling!. Après un instant d'hésitation, il ouvrit la première porte. Il trouva une chambre à coucher divisée en deux par une séparation en bois. Il referma la porte, frappa à celle du milieu et ouvrit.

Bien que la porte-fenêtre fut entrouverte, la pièce était remplie de fumée de cigarette. Deux cendriers sur une table débordaient de mégots. Mrs. Crilling était assise dans un fauteuil devant la fenêtre qui donnait sur ce que l'on ne pouvait qualifier de jardin car il n'y poussait que des orties et des mauvaises herbes. Elle portait un déshabillé en nylon rose qui devait avoir eu son jour de gloire et qui était maintenant sale, déchiré et affreux.

— Avez-vous oublié que je devais venir, Mrs. Crilling?

Le visage qui se tourna vers lui était propre à effrayer n'importe qui. Les yeux exorbités le dévisageaient avec une fixité inquiétante. Les muscles du cou étaient tendus, les cheveux gris pendaient sur les épaules comme ceux d'une adolescente.

— Qui êtes-vous? demanda-t-elle d'une voix rauque en se levant pour aller vers lui.

— Nous nous sommes rencontrés au tribunal ce matin. Vous m'avez écrit...

Il s'interrompit. Elle s'était approchée de lui comme pour scruter son visage, puis elle recula et partit d'un long rire strident.

— Mrs. Crilling, allez-vous bien? Puis-je faire quelque chose?

Elle se racla la gorge et le rire mourut en toux rauque.

— Tablettes... asthme... balbutia-t-elle.

Il était étonné et choqué, mais il trouva la boîte de médicament dans un fouillis sur la cheminée.

— Donnez-m'en une tablette et vous pourrez... pourrez partir.

— Je suis navré si ma présence vous a contrariée.

Elle ne fit aucun effort pour prendre le médicament, mais garda la boîte contre sa poitrine.

— Où est mon bébé?

Parlait-elle d'Elizabeth? Ce ne pouvait être qu'elle.

— Votre fille est sortie. Je l'ai rencontrée sous le porche. Mrs. Crilling, vous n'avez pas l'air bien, voulez-vous que je vous apporte un verre d'eau? Voulez-vous que je vous prépare du thé?

— Du thé? Que voulez-vous que je fasse de thé? C'est ce que m'a proposé ce matin cette femme de la police... Venez prendre une tasse de thé, Mrs. Crilling. — Un spasme la renversa en arrière, haletante, cherchant sa respiration : — Vous... mon bébé... je vous croyais un ami... ah! aah!

Archery était vraiment effrayé maintenant. Il sortit de la pièce en courant, ouvrit une porte, se trouva dans une cuisine d'une saleté repoussante et remplit un verre d'eau sur l'évier. Lorsqu'il revint, elle haletait toujours. Devait-il lui faire avaler les tablettes? Il lui prit la boîte des mains et lut sur l'étiquette : *Mrs. Crilling, prendre deux tablettes en cas de besoin.* Il en fit tomber deux dans sa main et, aidant la malheureuse de son autre bras, les lui plaça dans la bouche.

— Mauvais... méchant homme, murmura-t-elle.

Il la poussa dans son fauteuil en refermant tant bien que mal les pans de son déshabillé dérisoire. Emu de pitié et d'horreur, il s'agenouilla près d'elle.

— Je serai votre ami si vous le désirez, dit-il d'une voix apaisante.

Ces mots eurent l'effet opposé à celui escompté. Elle fit un effort pour reprendre sa respiration. Ses lèvres s'ouvrirent et se refermèrent à plusieurs reprises sans proférer un son, puis elle articula avec difficulté :

— Pas mon ami... ennemi... ami de la police... je vous ai vu!

Il se releva lentement. Jamais il ne l'aurait crue capable de crier après la crise dont il avait été le témoin et, quand elle se mit à hurler, il recula :

— Je ne les laisserai pas la mettre en prison... Elle leur dirait tout... mon bébé! Elle serait obligée de leur dire! Ils découvriraient tout alors, mais je la tuerai plutôt que de la laisser parler, je la tuerai, vous m'entendez!

La porte-fenêtre était ouverte. Archery recula en titubant et se trouva au milieu des herbes folles, poursuivi par les cris incohérents de Mrs. Crilling qui se terminèrent par un flot d'obscénités. Il aperçut la barrière en fil de fer barbelé et l'ouvrit. Quand il se retrouva sur la route poudreuse, il s'essuya le front avec son mouchoir.

— Bonjour, monsieur, vous n'avez pas l'air de vous sentir très bien. La chaleur vous incommode-t-elle?

Archery était appuyé sur le parapet du pont, respirant fort quand le policier lui adressa la parole.

— Inspecteur Burden, n'est-ce pas? — Il se redressa en clignant des yeux. La présence de cet homme calme était réconfortante. — Je reviens de chez Mrs. Crilling.

— Ne m'en dites pas plus, monsieur, je comprends très bien.

— Je l'ai laissée dans les affres d'une crise d'asthme. Peut-être aurais-je dû faire appel à un médecin. Franchement, je n'ai pas su quoi faire.

— C'est surtout psychologique chez elle, monsieur, j'aurais dû vous prévenir. Elle vous a joué sa grande scène. La prochaine fois que vous la verrez, elle sera tout sucre et tout miel. Elle est ainsi. C'est une maniaque dépressive. J'allais me rendre au *Carrousel* prendre une tasse de thé, voulez-vous m'accompagner?

Ils remontèrent High Street ensemble. Certaines boutiques avaient tendu des stores en toiles rayées à leur devanture. A l'intérieur du *Carrousel,* il faisait chaud et lourd. L'air était empreint d'une odeur d'insecticide.

— Deux thés, commanda Burden.

— Parlez-moi de Mrs. Crilling.

— Il y a beaucoup à dire. Son mari est mort en la laissant sans ressources et elle a dû venir en ville pour travailler. L'enfant — Elizabeth — a toujours été difficile, et Mrs. Crilling n'a fait qu'aggraver son état. Elle l'a conduite chez un psychiatre. Ne me demandez pas d'où elle tirait son argent. Quand on envoya Elizabeth à l'école, ce fut encore pire. Elle se faisait renvoyer de partout. A quatorze ans, elle est passée devant le tribunal pour enfants. Elle fut retirée à sa mère, mais elle lui fut rendue quelque temps plus tard comme cela arrive toujours.

— Croyez-vous que cela vienne du fait qu'elle a trouvé le corps de Mrs. Primero?

— C'est possible. Prenez-vous du sucre, monsieur? Non? Moi non plus. Je suppose que les choses auraient été différentes si elle avait eu un foyer convenable, mais Mrs. Crilling a toujours été instable. Elle se trouvait périodiquement sans travail. Je crois que certains parents lui ont fourni une assistante financière. Elle prétend souffrir d'asthme. En réalité, elle est mentalement dérangée.

— Ne peut-on la faire interner?

— Vous seriez surpris de la difficulté que l'on rencontre à faire interner quelqu'un. Le médecin affirme qu'il pourrait délivrer un certificat d'urgence s'il la voyait au cours de l'une de ses crises, mais ces malades mentaux sont rusés. Avant que le médecin ait le temps d'arriver, elle redevient aussi normale que vous et moi. Il y a quatre ou cinq ans, elle a eu un ami. Tout le monde en parlait. Elizabeth suivait des cours de physiothérapie à l'époque. Bref, un beau jour, le bon ami préféra la jeune Liz...

— *Mater pulchra, filia pulchrior,* murmura Archery.

— Comme vous dites, monsieur. Elle abandonna ses études pour vivre avec cet homme. Mrs. Crilling tomba dans les trente-sixième dessous. Elle dût être hospitalisée six mois à Stowerton. A sa sortie, elle s'acharna sur le couple, lettres, appels téléphoniques, scènes, etc. Liz ne put le supporter et finit par revenir chez sa mère. L'ami était dans l'automobile et il lui offrit la Mini...

Archery soupira.

— Je ne sais si je dois vous le confier, mais vous avez été si aimables avec moi, vous et Mr. Wexford... si, si, je me rends compte... Voilà : Mrs. Crilling m'a dit que si Elizabeth — qu'elle appelle son " bébé " — allait en prison, elle vous révèlerait quelque chose, à vous ou aux autorités pénitentiaires. J'ai eu l'impression qu'il s'agissait d'une chose que Mrs. Crilling voulait tenir secrète.

— Merci beaucoup pour ce renseignement, monsieur. Nous attendrons en gardant l'œil ouvert.

Archery termina son thé. Brusquement, il se sentait l'âme d'un traître. Avait-il trahi Mrs. Crilling pour se ménager les bonnes grâces de la police? Pour se justifier, il déclara :

— Je me demande si cela ne pourrait se rapporter au meurtre de Mrs. Primero. Après tout, Mrs. Crilling aurait très bien pu porter la fameuse blouse qui a disparu et la cacher. Vous avez admis vous-même qu'elle était déséquilibrée. Elle était là, elle avait les mêmes occasions que Painter.

Burden secoua la tête :

— Quel aurait été son mobile?

— Les fous ont des mobiles qui paraissent bien fragiles aux gens normaux.

— A sa façon, elle aime sa fille. Elle ne l'aurait pas emmenée avec elle.

— Au procès, elle a déclaré qu'elle était venue une première fois à 19 h 25, mais nous n'avons que sa parole. Supposez qu'elle soit allée voir Mrs. Primero à 19 h 40, *alors que Painter était déjà venu et reparti.* Ensuite, elle aurait emmené la fillette parce que personne ne pourrait penser qu'un assassin laisserait un enfant découvrir un corps qu'il savait être là.

— Vous avez manqué votre vocation, monsieur, dit Burden en se levant, vous auriez dû venir parmi nous. Vous seriez certainement devenu Superintendent.

— Je laisse sans doute mon imagination m'entraîner trop loin, dit Archery un peu confus. Pour cacher son embarras, il changea de sujet : connaissez-vous l'heure des visites à l'hôpital de Stowerton.

— Alice Flower est la seconde sur votre liste, n'est-ce pas? A votre place, je téléphonerais au préalable à l'infirmière-en-chef. Les visites sont autorisés de dix-neuf heures à dix-neuf heures trente.

CHAPITRE VIII

Alice Flower avait quatre-vingt-sept ans. Presque l'âge de sa patronne à l'époque de sa mort. Une série d'attaques avait secoué sa vieille carcasse comme les tempêtes une vieille maison, mais elle possédait une robuste constitution. Jamais elle ne s'était écoutée et elle avait l'habitude de résister contre vents et marées.

Elle était étendue dans un haut lit étroit d'une salle remplie de vieilles femmes couchées dans des lits identiques. Toutes avaient des visages propres et roses et des cheveux blancs.

— Une visite pour vous, Alice, dit l'infirmière. — Se tournant vers Archery, elle expliqua : — Inutile d'essayer de lui serrer la main car elle ne peut bouger, mais elle entend parfaitement et elle est aussi bavarde qu'une pie borgne.

Une lueur de colère brilla dans les yeux d'Archery. L'infirmière ne parut pas s'en apercevoir.

— Vous aimez bien tailler une bavette, pas vrai, Alice? Voici le révérend Archery.

— Bonsoir, monsieur.

Elle avait un visage carré et une peau épaisse et ridée. Un côté de sa bouche était déformé par la paralysie des nerfs moteurs. L'infirmière s'affaira autour du lit, remontant la chemise de la vieille servante autour de son cou et disposant ses mains inutiles sur la couverture. La vue de ces mains fut un supplice pour Archery. Elles étaient déformées au-delà de l'imagination, mais la maladie et un œdème les avaient gonflées et blanchies au point qu'elles ressemblaient à celles d'un monstrueux bébé.

— Est-ce que cela vous ennuierait de me parler de

Mrs. Primero, demanda-t-il avec douceur en s'asseyant sur une chaise en bois blanc.

— Bien sûr que non, elle en sera ravie, répondit l'infirmière.

Archery ne put en supporter davantage.

— Il s'agit d'une conversation privée, si cela ne vous fait rien.

— Privée vraiment! C'est la fable du service. Toute la salle est au courant de ce qui concerne Mrs. Primero, lança-t-elle avant de s'en aller avec un sourire ironique.

La voix d'Alice Flower était cassée. L'attaque avait affecté les muscles de son cou ou ses cordes vocales, mais son accent restait agréable et cultivé.

— Que désirez-vous savoir, monsieur?

— Parlez-moi d'abord de la famille Primero.

— Oh! c'est facile car c'est toute ma vie. Je suis allée travailler chez Mrs. Primero à la naissance du garçon.

— Quel garçon?

— Mr. Edward, son fils unique.

Ah! pensa Archery, le père du riche Roger et de ses sœurs.

— C'était un beau garçon, et nous nous sommes toujours bien entendus. Sa mort fut un coup terrible pour sa pauvre mère et pour moi. Dieu merci, il avait déjà une famille à l'époque, et Mr. Roger était le portrait de son père.

— Je suppose que Mr. Edward l'avait laissé bien pourvu sur le plan financier.

— Hélas non, monsieur. Voyez-vous le vieux Dr Primero avait laissé sa fortune à Madame car Mr. Edward réussissait bien, mais il perdit tout ce qu'il possédait lors d'un crack financier en bourse et, quand il mourut, il ne restait plus rien à Mrs. Edward et aux trois enfants. — Elle fit une pause avant de reprendre : — Madame offrit de les aider. Non qu'elle disposât elle-même de revenus importants, mais Mrs. Edward était fière et refusa de rien accepter. Je n'ai jamais su comment elle s'était débrouillée, songez donc, la plus jeune de ses filles n'avait que dix-huit mois.

Elle laissa aller sa tête sur l'oreiller et se mordit les lèvres :

— Angela doit avoir vingt-six ans aujourd'hui, et Isabel portait le nom de Madame. Ce n'étaient que des bébés à la mort de leur père, et nous restâmes des années sans les voir.

« Ce fut un coup pour Madame de ne pas savoir ce que devenait Mr. Roger. Puis un jour, il vint à *La Parcelle de Victor.* Assez curieusement, il vivait dans une pension de famille près de Sewingbury où il étudiait pour être avocat. Il ignorait que sa grand-mère vivait toujours et encore moins qu'elle habitât Kingsmarkham, et c'est par hasard, en cherchant un numéro de téléphone dans l'annuaire, qu'il tomba sur son nom. Dès qu'il eut repris le contact, il revint souvent, presque chaque dimanche. A deux ou trois reprises, il emmena ses petites sœurs avec lui. Ils étaient bons comme du pain!

« Mr. Roger et Madame s'entendaient fort bien ensemble. Elle lui montrait de vieilles photographies et lui racontait des histoires de famille. C'était bien agréable d'avoir un si gentil garçon qui apportait un peu de jeunesse et de gaîté à la maison... après ce Painter... ce sale meurtrier!

Sur le lit voisin, une vieille femme eut un rire édenté. Comme l'avait dit l'infirmière cette histoire était la fable du service. Archery se pencha un peu plus en avant.

— Ce dut être un jour terrible que celui où mourut Mrs. Primero, Miss Flower, je suppose que vous ne pourrez jamais l'oublier.

— Non, je ne le pourrai pas jusqu'à mon dernier jour.

— Pouvez-vous me le raconter?

Dès qu'elle se mit à parler, il comprit qu'elle avait dû le faire bien des fois.

— Painter était un diable, une véritable brute. J'avais peur de lui, mais je ne le laissais pas voir. Tout prendre et ne rien donner, telle était sa devise. Quand j'ai pris du service près de Madame, je gagnais six livres par an. Et lui, il avait une maison, ses gages, une belle voiture à conduire, mais il y a des gens qui veulent toujours la lune. On aurait pu penser qu'un grand gaillard fort comme lui n'aurait été que trop content de porter un seau de charbon à une vieille femme, mais pas Mr. Bert Painter!

« Ce samedi soir, il ne vint pas, et Madame dût rester assise toute seule dans le froid. « Laissez-moi aller lui parler, Madame », ai-je dit, mais elle ne me le permit pas. « Nous verrons demain matin, Alice », répondit-elle. Je me suis souvent reproché de ne pas lui avoir désobéi. S'il était venu s'expliquer ce soir-là, j'aurais été présente.

— Cependant, il est bien venu le lendemain matin, Miss Flower.

— Oui, et Madame lui a dit son fait, je l'ai entendue.

— Que faisiez-vous?

— Lorsqu'il est arrivé, j'épluchais les légumes pour le déjeuner de Madame, puis j'ai allumé le four et mis le rôti à cuire. On m'a demandé tout ça au tribunal à Londres. — Elle fit une pause et demanda : — Ecrivez-vous un livre à ce sujet, monsieur?

— Quelque chose de ce genre, répondit Archery.

— Ils voulurent savoir si j'étais sûre de bien entendre. Mon ouïe était meilleure que celle du juge et l'est restée même maintenant. Si j'avais été dure d'oreille, nous serions peut-être tous partis en fumée ce matin-là!

— Comment cela?

— Ce maudit Painter était au salon avec Madame, et j'étais allée à l'office chercher le vinaigre pour la salade lorsque j'entendis brusquement une sorte d'explosion. J'ai pensé que c'était le four et je suis revenue en courant pour ouvrir la porte du four. L'une des pommes de terre avait éclaté et était tombée sur le brûleur à gaz; tout le plat s'était enflammé. Alors je fis une sottise. Je versai de l'eau dessus. A mon âge, j'aurais dû être plus avisée. Cela a provoqué une véritable explosion. On ne s'entendait plus penser.

Cela n'avait pas été mentionné dans la retranscription du procès. Archery s'exclama en reprenant l'expression imagée :

— On ne s'entendait plus penser?

Pendant qu'elle était assourdie par le bruit, aveuglée par la fumée, Alice pouvait-elle entendre un homme monter au premier étage et redescendre? Le témoignage d'Alice dans cette affaire avait été capital. Car, si Mrs. Primero avait offert et remis les deux cents livres à Painter ce matin-là, quelle raison aurait-il eu de la tuer dans la soirée? Inconsciente de l'effet de ses paroles, Alice reprit :

— Nous déjeunâmes, puis Mr. Roger vint rendre visite à Madame. J'avais encore la jambe douloureuse du coup que j'avais reçu la veille en allant chercher le charbon, et Mr. Roger se montra si prévenant avec moi, me demandant ce qu'il pouvait faire pour m'aider. Il me proposa même de faire la vaisselle, mais ce n'est pas un travail d'homme.

« Il devait être sept heures et demie quand Mr. Roger se leva pour partir. J'étais encore occupée à ranger la vaisselle et je me faisais du souci en me demandant si ce maudit Painter allait venir. « Ne vous dérangez pas Alice, je trouverai la porte tout seul. » dit Mr. Roger en venant me dire au revoir à la cuisine. Madame faisait un petit somme au salon. Dieu la bénisse, la chère âme, ce fut le dernier avant son grand sommeil!

Archery vit deux larmes couler sur les vieilles joues ridées. Elle poursuivit :

— Je répondis : « Au revoir, Mr. Roger, à dimanche prochain ». J'entendis la porte se fermer. Madame dormait comme un enfant sans se douter qu'un loup féroce la guettait dans l'ombre.

— Remettez-vous, Miss Flower, je ne voudrais pour rien au monde vous bouleverser avec le récit de ces tristes souvenirs.

— Merci, monsieur, vous êtes bien bon. Où en étais-je? Oh! oui, je partis pour l'église, et aussitôt Mrs. Crilling vint fureter.

— Je connais la suite, Miss Flower, parlez-moi plutôt de Mrs. Crilling. Vient-elle vous voir souvent?

Alice Flower eut un grognement méprisant :

— Pensez-vous! Je ne l'ai pas revue depuis le procès. J'en sais trop long sur elle. La meilleur amie de Madame? Laissez-moi rire! Elle ne s'intéressait à Madame que pour une seule raison : Elle essayait de mettre sa fille dans les bonnes grâces de Madame, pour que Madame lui laisse quelque chose dans son testament.

Archery se pencha encore un peu plus, espérant que la cloche ne viendrait pas mettre un terme à cet entretien :

— Mais Mrs. Primero n'avait pas fait de testament.

— Eh non, monsieur, c'était bien ce qui tracassait Mrs. Crilling. Elle venait souvent à la maison pendant que Madame dormait. « Alice, disait-elle, vous devriez pousser la chère Mrs. Primero à faire un testament. C'est votre devoir et votre intérêt aussi. Vous vous retrouverez à la rue si elle ne prend pas de dispositions. » Mais Madame ne voulait rien entendre. « Tout doit aller à mes héritiers naturels, disait-elle. Il s'agissait de Mr. Roger et des petites demoiselles et pour cela, il n'y avait pas besoin de notaire ou de testament.

— Est-ce que Mr. Roger ne la poussait pas à faire un testament?

— Mr. Roger est un bon garçon. Quand ce maudit Painter eut commis son crime, Mr. Roger reçut sa part d'argent qui devait se monter à un peu plus de trois mille livres. « Je prendrai soin de vous, Alice », m'a-t-il dit, et il l'a fait. Il me trouva une jolie chambre à Kingsmarkham et me donna deux livres par semaine en plus de ma pension. Il s'était établi à son compte alors.

— Je croyais qu'il était avocat.

— Il avait toujours voulu entrer dans les affaires. Je ne connais pas tous les tenants et les aboutissants, mais il était venu voir Madame deux ou trois semaines avant sa mort pour lui expliquer qu'un de ses amis le prendrait avec lui s'il pouvait apporter dix mille livres. « Malheureusement, je n'ai pas le moindre espoir de trouver une telle somme, ce n'est qu'un château en Espagne, Granny Rose ». « Inutile de me regarder ainsi », répondit Madame, « dix mille livres représentent tout ce que je possède, et cette somme est placée en actions Woolworth. Tu auras ta part quand je ne serai plus là ». Je peux bien vous confier que je pensai alors que si Mr. Roger voulait faire déshériter ses petites sœurs, il essaierait de pousser Madame à faire un testament en sa faveur, mais il ne fit jamais rien dans ce sens et il ne reparla plus d'argent. Le maudit Painter tua donc Madame et, selon sa volonté, l'argent alla à ses trois héritiers naturels.

« Mr. Roger a très bien réussi. Il vient me voir régulièrement. Je crois qu'il a réussi à se procurer les dix mille livres dont il avait besoin d'une autre manière. Ou bien, un autre ami lui a proposé une affaire plus facile à réaliser. Ce n'est pas à moi d'en juger.

Un bon garçon, songea Archery, un garçon qui avait un pressant besoin d'argent à cette époque...

— Si vous allez voir Mr. Roger à propos de l'histoire que vous écrivez, monsieur, voulez-vous lui présenter mon respectueux souvenir.

— Je n'oublierai pas, Miss Flower, et je vous remercie de m'avoir si aimablement accueilli.

Il était plus de vingt heures quand il regagna Olive & Dove. Le maître d'hôtel le regarda en le voyant entrer dans la salle à manger à vingt heures quinze. Archery fut surpris de voir que la pièce était vide, toutes les chaises Puis-je vous rangées contre le mur.

— Il y a bal ce soir, monsieur. Nous avons prié nos pensionnaires de bien vouloir dîner à dix-neuf heures, mais je pense que nous pourrons quand même vous servir quelque chose. Par ici, je vous prie.

Archery le suivit dans un des petits salons de l'hôtel où des tables avaient été disposées et où des clients terminaient leur repas. Il passa la commande en regardant par la porte vitrée l'orchestre s'installer sur l'estrade.

Comment allait-il passer cette longue soirée d'été? Le bal durerait probablement jusqu'à minuit ou une heure du matin, et l'hôtel serait intenable. Il songea à faire une promenade à pied ou à prendre sa voiture pour aller jeter un coup d'œil à *La Parcelle de Victor.* Le garçon revint avec le plat de bœuf braisé qu'il avait commandé.

Sa table se trouvait dans un angle de la pièce, un peu à l'écart, et il sursauta en sentant un frôlement sur sa jambe. Soulevant le bord de la nappe, il regarda sous la table et vit un petit chien qui agitait la queue.

— Bonjour, chien, dit-il.
— Oh! je suis confuse! Vous a-t-il dérangé?

Il leva la tête et la vit debout près de lui. Elle venait

d'arriver avec l'homme au regard fixe et un autre couple.

— Nullement, dit Archery, j'aime beaucoup les bêtes.

— Vous étiez là pour déjeuner, je suppose qu'il vous a reconnu. Allons viens, Le Chien. Il n'a pas de nom. Nous l'appelons simplement Le Chien. En vous entendant lui dire « Bonjour chien, » il vous a pris pour un ami. C'est un animal très intelligent.

— J'en suis persuadé.

Elle prit le chien dans ses bras et le tint contre son corsage en dentelle. Maintenant qu'elle ne portait pas de chapeau, il pouvait admirer la forme parfaite de sa tête et son front haut.

— Nous revoilà, Louis, dit l'homme au maître d'hôtel qui s'était approché, ma femme a la fantaisie de venir à votre soirée, mais nous allons d'abord manger quelque chose.

Ainsi ce couple était marié. Comment ne s'en était-il pas avisé plus tôt et, d'ailleurs, en quoi cela le regardait-il ? L'homme poursuivit :

— Nos amis ont un train à prendre, aussi nous vous serions reconnaissants de bien vouloir activer le service.

Ils s'installèrent, et Archery s'émerveilla de la vitesse avec laquelle ils furent servis. Lui-même s'attarda sur sa tasse de café. Dans son coin, il ne dérangeait personne. Des gens commençaient à arriver pour la soirée. Les fenêtres de la salle de restaurant — transformée en salle de bal — avaient été ouvertes sur la terrasse et des couples écoutaient la musique. Le caniche s'était assis devant la porte observant les danseurs avec une mimique comique. La propriétaire du chien l'appela, et il vint se coucher sous sa chaise. Son mari se leva

— Je vais vous conduire à la gare, George, dit-il, il ne

nous reste que dix minutes, aussi pressez-vous un peu. Inutile de venir chérie, termine ton café.

Il se pencha pour embrasser sa femme. Elle alluma une cigarette et tira une bouffée. Après le départ de son mari et du couple ami, elle resta seule avec Archery dans le petit salon. Subitement, celui-ci se sentit solitaire. Il ne connaissait personne dans cette petite ville et il risquait d'être là pour plusieurs jours. Pourquoi n'avait-il pas demandé à Mary de venir le rejoindre? Cela aurait été des vacances appréciées pour elle. Il se promit de lui téléphoner dès qu'il aurait terminé sa seconde tasse de café.

La voix de la jeune femme le fit tressaillir :

— Puis-je vous emprunter votre cendrier, le nôtre est plein.

— Bien volontiers, prenez-le. Je ne fume pas.

— Etes-vous ici pour longtemps? demanda-t-elle d'une voix douce et légère.

— Pour quelques jours.

— Je vous ai posé la question parce que nous venons souvent ici et que je ne vous ai encore jamais vu. La plupart des clients sont des habitués. Ces soirées dansantes n'ont lieu qu'une fois par mois et nous y assistons toujours. J'adore la danse.

Plus tard Archery se demanda ce qui diable l'avait poussé, lui un vicaire de campagne de près de cinquante ans à agir ainsi. Peut-être était-ce une question d'atmosphère.

— Voulez-vous danser?

L'orchestre jouait une valse. Il était sûr de pouvoir s'en tirer. Malgré tout, il se sentit rougir. Qu'allait-elle penser de lui à son âge?

— J'en serais charmée.

En dehors de Mary et de la sœur de Mary, il n'avait pas dansé avec une femme depuis vingt ans. Il fut à tel point submergé par l'énormité de son audace que pendant un moment il fut sourd à la musique et qu'il ne vit pas les quelques cent personnes qui se trouvaient là. Puis cette créature légère et parfumée fut dans ses bras. Il eut l'impression de rêver et il se laissa entraîner comme si cette femme et la musique se confondaient ensemble.

— Je ne suis pas très expert en ce genre de chose, dit-il quand il eut retrouvé sa voix, je vous prie de m'excuser.

— Il est difficile de faire la conversation en dansant, mais n'est-ce pas absurde; je ne sais même pas votre nom.

— Je m'appelle Archery, Henry Archery.

— Comment allez-vous, Mr Archery, dit-elle avec gravité. — Elle le regarda avec une expression amusée et demanda : — Vous ne me reconnaissez vraiment pas, n'est-ce pas?

Il secoua la tête, se demandant s'il n'avait pas commis un terrible impair.

— Imogen Ide, cela vous dit-il quelque chose?

— Je regrette...

— Franchement, vous ne devez pas avoir l'habitude de lire les magazines. Avant de me marier, j'étais ce que l'on appelle " le modèle le plus connu — ou en tout cas le plus photographié — du Royaume Uni "!

Il ne sut que répondre. Les mots qui lui venaient à l'esprit avaient trait à son extraordinaire beauté et, dans les circonstances présentes, ils auraient été impertinents. Sentant sa gêne, elle éclata d'un rire frais et sans méchanceté.

Il lui sourit. Puis, par-dessus son épaule, il aperçut un visage familier. L'inspecteur-chef Wexford venait d'entrer avec une femme un peu forte, au visage agréable et un jeune couple. Sa femme, sa fille et le fils de l'architecte, songea Archery avec un sentiment de panique. Il les vit s'asseoir et comme il s'efforçait de les éviter, son regard rencontra celui de Wexford. Le sourire qu'ils échangèrent était empreint d'un certain antagonisme. Archery décida de s'occuper de sa danseuse.

— Je crains de ne lire que le *Times*.

Dès qu'elle fut prononcée, il regretta le snobisme de cette remarque.

— J'ai été mentionnée dans le *Times,* fit-elle avec fierté. Oh! il ne s'agissait pas de mode, mais au cours d'un procès, mon nom avait été prononcé, et le juge demanda : Qui est Imogen Ide?

— C'est vraiment ce que l'on appelle la gloire.

— J'ai conservé la coupure du journal jusqu'à aujourd'hui.

La musique changea brusquement, et le ryrhme devint une assourdissante cacophonie.

— Je suis navré de ne pouvoir suivre cette danse, dit Archery en la lâchant au centre de la piste.

— Cela ne fait rien. Merci beaucoup pour la valse. J'y ai pris beaucoup de plaisir.

— Moi aussi.

Ils se frayèrent un chemin à travers les couples qui se déhanchaient comme des sauvages. Elle lui tenait la main, et il ne pouvait se dégager sans faire preuve de grossièreté.

— Mon mari est de retour. Voulez-vous vous joindre à nous si vous n'avez rien de mieux à faire ce soir?

L'homme appelé Ide s'approcha d'eux en souriant. Son teint olivâtre, ses cheveux noirs de jais et ses traits fins le faisaient ressembler à une sculpture sur cire.

— Voici Mr. Archery, chéri. Je le priais de rester avec nous, il fait si beau ce soir.

— Bonne idée. Puis-je vous offrir un verre, Mr. Archery?

— Non merci, dit Archery en lui serrant la main, je

dois me retirer. Il faut que je téléphone à ma femme.
— J'espère que nous nous reverrons, dit aimablement Imogen Ide.
Prenant le bras de son mari, elle l'entraîna sur la piste. Archery monta dans sa chambre. Il avait pensé que la musique le dérangerait, mais dans ce crépuscule violet, il trouva cela délicieux. Il resta un moment à sa fenêtre, admirant le ciel avec ses longues traînées de nuages qui se coloraient délicatement.

Finalement, il s'assit sur son lit et posa la main sur le téléphone sans se décider à décrocher. A quoi bon appeler Mary alors qu'il n'avait rien à lui dire. Soudain, Thringford et ses paroissiens lui parurent bien fades. Il avait vécu là si longtemps qu'il avait oublié qu'il y avait un vaste monde. Il retira sa main et s'allongea sans penser à rien.

CHAPITRE IX

— Je suppose que cela n'a aucune signification...
— Quoi donc, Mike? Croyez-vous donc que Liz Crilling détient un sombre secret qu'elle n'avouera pas sous les pires tortures?

Burden baissa les jalousies pour empêcher le chaud soleil matinal d'entrer.

— Ces Crilling me mettent toujours mal à l'aise.
— Elles ne sont pas plus bizarres que la plupart de nos clients, dit Wexford, Liz passera aux assises. Si ce n'est pas pour une autre raison, parce que Mrs. Crilling ne pourra payer la caution qui lui est demandée. Si elle a quelque chose à nous dire, elle parlera.

Avec un air d'excuse, Burden s'entêta.

— Cependant, je ne peux m'empêcher de penser que cela a un lien quelconque avec Painter.

Wexford feuilletait un annuaire téléphonique. Il le referma d'un coup sec :

— Bon sang! Je n'en supporterai pas davantage! Qu'est-ce que cela signifie? Est-ce une conspiration pour prouver que je ne connais pas mon métier?

— Je m'excuse, monsieur, vous savez bien que ce n'est pas ce que je voulais dire.

— Je ne sais rien du tout, Mike, je sais seulement que l'affaire Painter était une enquête sans problème, et personne ne pourra prouver qu'il n'était pas coupable. — Il se calma et posa ses deux grosses mains sur l'annuaire : — Allez donc questionner Liz. Ou dites à ce satané révérend de le faire pour vous. Il sait s'y prendre avec les femmes cet animal-là!

— Lui? Qu'est-ce qui vous fait dire cela?

— Peu importe. J'ai du travail, si vous n'en avez pas et j'en ai par dessus la tête d'entendre le nom de Painter du matin jusqu'au soir!

Archery avait dormi d'un sommeil lourd et sans rêve. La sonnerie du téléphone le réveilla. C'était sa femme.

— Je suis navrée de t'appeler si tôt, chéri, mais j'ai reçu une autre lettre de Charles.

Il y avait une tasse de thé froid près de son lit. Archery se demanda depuis combien de temps elle était là. Il consulta sa montre. Il était neuf heures.

— Ça ne fait rien. Comment vas-tu?

— Bien. Ecoute-moi, Charles rentre demain. Il doit aller te rejoindre directement à Kingsmarkham.

— Oh! il a quitté Oxford!

— Ce n'est pas grave, Henry, il ne lui restait que trois jours avant la fin du trimestre.

— A-t-il l'intention de descendre chez Olive?

— Bien entendu. Où veux-tu qu'il aille? Je sais que

c'est onéreux, chéri, mais il a trouvé un emploi pour août et septembre. Il gagnera seize livres par semaine et il dit qu'il te remboursera.

— J'ignorais que j'avais donné à mon fils l'impression que j'étais un avare.

— Tu sais bien qu'il n'est pas question ça. Tu es bien susceptible ce matin.

Quand elle eut raccroché, il resta un moment avec le récepteur à la main. Pourquoi ne lui avait-il pas demandé de venir? Il en avait eu l'intention la veille et puis... Naturellement, il était encore mal réveillé quand elle avait appelé.

Les petites maisons de Glebe Road semblaient avoir été blanchies et séchées au soleil. Burden se rendit au N° 102. Une de ses vieilles connaissances habitait là, un homme appelé Matthews, avec un lourd casier judiciaire et un vilain sens de l'humour. Burden le soupçonnait d'être responsable de l'envoi d'une bombe faite à la maison. Une bizarre combinaison de sucre et d'insecticide introduit dans une bouteille de whisky qu'une blonde de petite vertu avait reçu le matin même dans sa boîte à lettres. La bombe avait seulement endommagé l'entrée de son appartement alors qu'elle était au lit avec son ami du moment. Burden pensait que cela n'en constituait pas moins une tentative de meurtre.

Il sonna et frappa sans succès. Il fit alors le tour de la maison et se trouva dans une cour encombrée de boîtes à ordure, roues de landaus, vieux vêtements et bouteilles vides. Il regarda par la fenêtre de la cuisine et vit un paquet d'insecticide — cristaux de chlorate de sodium — sur la table. Etait-il possible d'être plus confiant ou plus stupide? Retournant dans la rue, il alla jusqu'à la cabine téléphonique pour dire à Bryant et à Gates de venir appréhender le locataire du 102, Glebe Road.

Le N° 24 était sur le même côté. Il n'y aurait aucun mal à bavarder avec Liz Crilling. La porte était fermée mais le verrou n'était pas mis. Il entra.

Dans la pièce du fond un appareil à transistors jouait de la musique pop. Devant la table, Elizabeth lisait les offres d'emploi du journal local de la semaine précédente. Elle était en combinaison; une des bretelles était retenue par une épingle de sûreté.

— Je ne me souviens pas vous avoir invité.

Burden la regarda d'un air méprisant :

— Ne pourriez-vous avoir une tenue plus décente?

Elle ne bougea pas et continua à lire son journal. Il regarda autour de lui dans la pièce en désordre et, au milieu d'un tas de vêtements divers, choisit quelque chose qui ressemblait à une robe de chambre. Avec un haussement d'épaules, elle enfila le vêtement qui était manifestement trop grand pour elle.

— Où est votre mère?

— Je l'ignore. Elle est sortie. Je ne suis pas chargée de la garder n'est-ce pas? Au fait qu'est-ce que ce clergyman est venu faire ici?

Burden ne répondait jamais à une question s'il pouvait s'en dispenser.

— Cherchez-vous un emploi?

— J'ai téléphoné à la firme qui m'employait en sortant du tribunal et j'ai reçu mon congé. Je suppose que c'est à vous que je le dois. Il faut pourtant bien que je travaille, n'est-ce pas? On demande des ouvrières à la fabrique d'imperméables. Il paraît que l'on peut se faire jusqu'à vingt livres par semaine avec les heures supplémentaires.

Burden se souvint des études coûteuses qu'elle avait faites. Elle le regarda avec arrogance.

— Je vais me présenter. La vie est un enfer de toute façon!

Elle éclata de rire et se leva pour aller jusqu'à la

cheminée contre laquelle elle s'appuya en le regardant dans une attitude provocante.

— A quoi dois-je l'honneur de votre visite? Vous sentez-vous seul, inspecteur? J'ai entendu dire que votre femme était absente. — Elle prit une cigarette, la plaça entre ses lèvres : — Où diable, ai-je mis les allumettes?

Elle passa devant lui sans le regarder pour aller à la cuisine. Il la suivit. Une fois là, elle se retourna pour lui faire face, saisit une boîte d'allumettes et la lui tendit :

— Voulez-vous me donner du feu?

Il gratta l'allumette. Elle s'approcha plus près et posa la main sur celle de l'inspecteur. Pendant l'espace d'une seconde, il ressentit quelque chose que sa nature puritaine lui reprocha aussitôt. Il se ressaisit et s'écarta.

L'évier était plein d'assiettes sales, de papiers gras, d'épluchures de légumes.

— Vous pourriez employer votre temps libre à mettre cette maison en ordre, dit-il.

Elle se mit à rire :

— Savez-vous que vous n'êtes pas vilain garçon pour un policier?

— Vous avez été malade, n'est-ce pas? dit-il en regardant les flacons de pilules, une boîte d'ampoules et une seringue.

Elle s'arrêta de rire.

— C'est à elle.

Burden lut l'étiquette sans répondre.

— Elle en prend pour son asthme. — Comme il posait la main sur la seringue hypodermique, elle lui saisit le poignet : — Vous n'avez pas le droit de toucher à quoi que ce soit. Cela reviendrait à perquisitionner, et pour cela il vous faut un mandat.

— Exact, dit Burden en la suivant dans l'autre pièce.

— Vous ne m'avez pas répondu au sujet du clergyman.

— Il est venu parce qu'il connaît la fille de Painter. Elle pâlit et il pensa qu'elle ressemblait à sa mère.
— Painter? L'homme qui a tué la vieille dame...
Burden acquiesça.
— C'est drôle, dit-elle, j'aimerais la revoir.

Il eut le sentiment qu'elle changeait de sujet et pourtant sa remarque était naturelle. Elle regarda le jardin, mais ce n'était pas les orties et les mauvaises herbes qu'elle voyait.

— J'allais souvent jouer avec elle aux écuries, dit-elle. Mère l'ignorait. Elle prétendait que Tessie n'était pas de ma classe. Je ne comprenais pas ce que cela voulait dire : comment pouvait-elle avoir une classe puisqu'elle n'allait pas à l'école? Mère allait toujours voir la vieille dame pour bavarder. Elle m'envoyait jouer au jardin. Un jour j'ai vu Tessie occupée à faire des pâtés de sable... Pourquoi me regardez-vous ainsi?

— Je vous écoute.
— Est-elle au courant pour son père? — Burden fit oui de la tête. — Pauvre gosse. Que fait-elle pour vivre?
— Elle est étudiante.
— *Etudiante?* Seigneur! Je l'ai été moi aussi.

Elle s'était mise à trembler. La cendre de sa cigarette tomba sur sa robe. Elle la regarda et frotta sans succès une vieille tache. Puis elle se redressa avec une expression de haine et de désespoir.

— Qu'essayez-vous de tirer de moi? cria-t-elle. Allez-vous en!

Lorsqu'il fut parti, elle regarda autour d'elle, en quête d'une bouteille. N'y avait-il rien à boire dans cette maison?

Quand elle ouvrit la porte du buffet, des journaux, de vieilles lettres, des factures impayées, des paquets de cigarettes vides et une paire de bas troués tombèrent sur le sol. Elle farfouilla parmi des objets poussié reux. L'un d'eux avait une forme encourageante. Elle le sortit et vit que c'était un flacon de Sherry Brandy que son oncle avait offert à sa mère pour son anniversaire. Elle s'assit par terre et versa du liquide dans un verre ébréché. Une minute plus tard, elle se sentit mieux, presque assez bien pour s'habiller et sortir chercher du travail. Mais elle se dit qu'elle pourrait aussi bien finir la bouteille. Au fond, il en fallait très peu pour atteindre le résultat escompté pourvu que l'on ait l'estomac vide.

Le goulot de la bouteille heurta le verre. Elle s'efforça de garder la main ferme pour ne pas perdre une goutte du précieux liquide...

Autour d'elle tout devenait rouge. Heureusement, elle se souciait peu de la maison... Elle considéra le vêtement qu'elle portait. Oh! mon Dieu! elle n'aurait rien de joli à porter, rien à montrer à Tessie.

Elle s'inquiète toujours de vous voir vous salir et un jour où Maman est dans la grande maison avec Granny Rose et un homme appelé Roger, Tessie vous emmène en haut voir Tante Irene et Oncle Bert. Tante Irene vous met un tablier sur votre robe pour ne pas vous salir.

Oncle Bert et Roger. Ce sont les seuls hommes que vous connaissez en dehors de papa qui est toujours malade. Oncle Bert est grand et fort. Un jour, vous l'avez entendu crier après Tante Irene et vous avez vu qu'il la battait, mais il est gentil avec vous et vous appelle Lizzie.

A l'automne, Maman vous a dit qu'elle allait vous faire une robe habillée. C'est drôle car vous n'allez jamais nulle part, mais Maman dit que vous pourrez la porter le jour de Noël. Cette robe est rose et c'est la plus jolie robe que vous ayez jamais eue.

Elizabeth Crilling savait que maintenant que cela avait commencé, rien ne pourrait arrêter ses souvenirs.

Elle laissa la bouteille et se leva pour aller chercher à la cuisine une évasion temporaire.

Au téléphone la voix d'Irene Kershaw semblait froide et distante :
— Votre fils Charles paraît avoir eu une querelle avec Tessie, Mr. Archery. Je ne sais pas à quel propos, mais je suis certaine que ce ne peut être la faute de ma fille. Elle est positivement en adoration devant lui.
— Ils sont assez grands pour savoir ce qu'ils ont à faire.
— Elle revient demain à la maison, et ce doit être assez grave pour qu'elle n'attende pas la fin du trimestre. Tout le monde ici ne cesse de me demander quand le mariage doit avoir lieu, et je ne sais que répondre. Cela me met dans une situation difficile.

Toujours ce maudit souci de respectabilité!
— M'avez-vous appelée pour une raison précise, Mr. Archery, ou simplement pour bavarder?
— Je me demandais si vous pourriez me communiquer le numéro de téléphone du bureau de votre mari.
— Si vous pensez tous les deux pouvoir arranger les choses, vous avez ma bénédiction. Le numéro est Uplands 62234.

Kershaw avait un poste privé et une secrétaire à l'accent cockney.
— Je voudrais écrire au commandant de Painter, dit Archery après l'échange de civilités.
— Je ne connais pas son nom, mais il était dans le régiment d'infanterie légère du duc de Babraham, au 3e bataillon. Le Ministère de la guerre pourra vous donner plus de précision.
— La défense n'a pas fait appel à lui au cours du procès, cela pourrait m'aider s'il témoignait en sa faveur.

— Je me demande pourquoi la défense n'a pas sollicité son témoignage de moralité, Mr. Archery.

Le Ministère de la guerre fournit le renseignement. Le 3e bataillon avait été commandé par le colonel Cosmo Plashet. Il était maintenant à la retraite à Westmorland. Archery eut quelque mal à rédiger une lettre qu'il alla ensuite mettre à la poste.

Chemin faisant, il songea que Charles allait arriver le lendemain et que sa présence serait réconfortante, car il en était à un point où il ne savait plus que faire. Charles avait toujours manifesté des qualités de fonceur et un esprit d'initiative développé.

Ce fut à ce stade de ses réflexions qu'il la vit. Elle sortait de chez le fleuriste, les bras chargés de roses blanches.

— Bonjour, Mr. Archery, dit Imogen Ide.

Jusqu'alors, il n'avait pas remarqué la beauté de ce jour d'été, le bleu intense du ciel, la légèreté de l'air. Elle souriait.

— Seriez-vous assez aimable pour ouvrir la portière de ma voiture.

Il se précipita pour obéir. Le caniche était assis sur le siège. Quand Archery toucha la portière, il grogna en montrant les dents.

— Sois sage, dit-elle au chien. — Elle se retourna pour expliquer; — J'apporte ces fleurs au cimetière de Forby. Mon mari y a un caveau de famille très féodal. Il est en ville pour affaires, et j'ai décidé d'aller jusqu'à Forby. Il y a une vieille église intéressante. Connaissez-vous la région?

— Fort peu, hélas.

— Peut-être ne vous intéressez-vous pas aux lanterneaux, cryptes et autres fonds baptismaux?

— Au contraire. J'irai même volontiers à Forby cet après-midi si vous pensez que cela en vaille la peine.

— Pourquoi ne pas venir avec moi?

Il avait souhaité qu'elle lui fît cette proposition et il en était confus. Pourtant, il n'y avait aucun mal à cela. Il connaissait son mari, et c'était par hasard qu'il ne se trouvait pas avec elle. De plus, pourquoi n'accompagnerait-il pas Imogen Ide pour visiter une église? Ne l'avait-il pas fait bien des fois avec Miss Baylis à Thringford? Certes, Miss Baylis était loin d'être aussi jeune et fraîche que Mrs. Ide, mais justement, cette jeune femme pouvait avoir trente ans, il était assez vieux pour être son père...

— C'est très aimable à vous. J'accepte volontiers.

Elle conduisait bien. Pour une fois, il ne souhaitait pas être au volant. C'était une belle voiture. Une Lancia Flavia argentée qui glissait silencieusement sur la route sinueuse. Il y avait peu de circulation. Ils ne doublèrent que deux voitures. Les prés étaient verts et, sur la droite, un ruisseau coulait le long d'un bois touffu.

— C'est le Kingsbrook, expliqua-t-elle, il passe dans High Street. Comme c'est étrange, n'est-ce pas? L'homme peut presque tout faire soulever les montagnes, créer des mers, irriguer des déserts, mais il ne peut empêcher le flot de couler, et la rivière la plus lente finit toujours par se jeter à la mer.

Il la regardait avec admiration, ne s'étonnant pas qu'elle ait été modèle. Ils arrivèrent dans un village; une dizaine de cottages et deux grandes maisons étaient groupées autour d'une place. Il y avait une petite auberge et entre des branches feuillues, Archery aperçut l'église.

Il suivit Imogen Ide, qui portait ses roses, vers le cimetière. Celui-ci était ombragé et frais, mais pas très bien entretenu. Certaines pierres tombales s'étaient soulevées au milieu des ronces.

— Par ici, dit-elle en se dirigeant vers la gauche. Il ne faut pas tourner de droite à gauche autour d'une église, cela porte malheur.

Le sentier était bordé d'ifs et de houx. La beauté de l'église reposait surtout sur son ancienneté.

— C'est l'une des plus vieilles églises en bois du pays.

— Il en existe une dans ma région, dit-il, à Greensted. Je crois qu'elle est du neuvième siècle.

— Celle-ci date de neuf cent et quelques. Voulez-vous voir le guichet des lépreux?

Ils s'agenouillèrent côte à côte et, en se penchant, il regarda à travers un orifice triangulaire à la base du monument. Bien que ce ne fût pas le premier de ce genre qu'il vît, il eut le cœur serré en pensant aux proscrits qui venaient à cette petite grille pour entendre la messe et recevoir sur la langue le pain représentant le corps du Christ. Cela lui fit penser à Tess. Elle aussi était proscrite, condamnée, comme les lépreux, par une maladie incurable. A l'intérieur, il apercevait les travées en bois et une chaire sur laquelle étaient gravées des images de saints.

Ils étaient tout près l'un de l'autre sous les branches de chênes verts. Il avait l'étrange impression qu'ils étaient seuls au monde et qu'ils étaient venus là poussés par le destin. Il leva les yeux et rencontra son regard. Il s'attendait à la voir sourire, mais son visage était grave, empreint d'admiration et d'une sorte de ferveur mystique. Sans l'analyser, il ressentit l'émotion qu'il lisait dans ses yeux. Le parfum des roses était frais et cependant difficile à supporter.

Il se redressa avec quelque difficulté. Pendant un instant, il s'était senti très jeune. La raideur de ses articulations lui rappela son âge.

Elle dit avec enjouement :

— Allez faire un tour à l'intérieur pendant que je dépose les fleurs sur la tombe. Je n'en ai pas pour longtemps.

Il entra dans l'église et s'arrêta devant l'autel. Puis il

revint lire les ex-voto sur les murs. Il glissa ensuite deux demi-couronnes dans un tronc et signa le livre des visiteurs. Sa main tremblait si fort que l'écriture semblait être celle d'un vieil homme.

Lorsqu'il retourna au cimetière, il ne la vit nulle part. Sur les tombes, les inscriptions avaient été effacées par le temps et les intempéries. Il s'engagea dans la partie neuve et s'arrêta pour déchiffrer les épitaphes.

En arrivant au bout d'une allée, il eut l'œil attiré par un nom qui lui parut familier. Grace. John Grace. Il s'arrêta, cherchant dans ses souvenirs. Ce n'était pas un nom très courant... Bien sûr! Le garçon qui avait été tué sur la route et avait rappelé à Wexford une autre tragédie. L'inspecteur-chef lui en avait parlé ce matin, le drame avait eu lieu vingt ans plus tôt. Il se pencha pour chercher une confirmation.

A la mémoire de JOHN GRACE
qui a quitté ce monde
le 16 février 1945
dans sa vingt-et-unième année

Va, Berger, trouve ton repos!
Nous avons conté ton histoire
L'Agneau de Dieu expiatoire
Te ramènera au troupeau

Apparemment, il s'agissait d'une citation, mais il ne la reconnut pas. Il se retourna et vit Imogen Ide approcher. L'ombre des feuilles jouait sur son visage et faisait comme un voile sur ses cheveux.

— Songez-vous que nous sommes tous mortels? demanda-t-elle avec gravité.

— Je le suppose. C'est un endroit intéressant.

— Je suis heureuse d'avoir eu l'occasion de vous le

faire connaître. Je possède à un haut degré l'amour de mon clocher, même s'il n'est pas le mien depuis longtemps.

Il craignit qu'elle ne lui proposât de lui servir de guide et dit vivement :
— Mon fils arrive demain. Nous explorerons la région ensemble. — Elle sourit poliment : — Il a vingt-et-un ans, ajouta-t-il.

Simultanément, leurs regards se tournèrent vers l'inscription sur la tombe.
— Je suis prête à partir, dit-elle.

Elle le déposa devant chez Olive & Dove. Ils se serrèrent la main, et remarqua qu'elle ne parlait pas de le revoir.

Il n'eut pas envie de prendre le thé et monta dans sa chambre.

Sans savoir pourquoi, il sortit la photographie de la fille de Painter qu'il avait sur lui. Il se demanda pourquoi il l'avait trouvée si charmante. Cependant, en la regardant plus attentivement il comprit pour la première fois pour quelle raison Charles avait un tel désir d'en faire sa femme. Tess inpirait un sentiment qui faisait davantage appel au cœur qu'à l'esprit.

CHAPITRE X

— Tu ne sembles pas avoir trouvé grand-chose, dit Charles.

Il était assis dans un fauteuil au salon. La femme de chambre qui passait l'aspirateur le trouvait beau garçon avec ses cheveux blonds assez longs et son expression dédaigneuse.

— L'important est d'examiner la situation avec objectivité. Il n'y a pas de temps à perdre. Je vais m'y mettre dès lundi matin. Je suis sûr qu'il y a quelque chose de louche chez ce Roger Primero. Je lui ai téléphoné hier soir et j'ai rendez-vous avec lui ce matin à onze heures trente.

Archery était vexé. Ses propres démarches n'étaient même pas examinées. Il consulta sa montre. Il était près de dix heures.

— Dans ce cas, tu ferais mieux de partir. Où habite-t-il?

— Tu vois bien! Si j'avais été à ta place, c'est la première chose que j'aurais cherché à savoir. Il habite Forby Hall. Je suppose qu'il se considère comme le châtelain du pays. Peux-tu me prêter ta voiture?

— Oui, bien sûr. Que vas-tu faire, Charles? Méfie-toi, il pourrait te jeter dehors.

— Je ne crois pas qu'il le fasse. Je me suis renseigné à son sujet et j'ai appris qu'il était sensible à la publicité. Il essaie de se créer une image de marque. Je lui ai raconté que j'étais rédacteur au *Sunday Planet* et que nous écrivions une série d'articles sur les chefs d'entreprises. Bonne introduction, hein?

— Mais c'est un mensonge!

— La fin justifie les moyens. J'ai pensé que je pourrais évoquer ses débuts dans la vie, rendus difficiles par la mort de son père et l'assassinat de sa grand-mère pour en arriver à ce qu'il est devenu aujourd'hui. On verra bien ce qui sortira de cet entretien. Il passe pour être affable avec la presse.

— Allons chercher la voiture.

Le temps était toujours aussi chaud, mais devenait orageux. Une brume légère voilait le soleil. Charles portait une chemise blanche à col ouvert et un pantalon étroit.

— Tu as le temps, dit Archery, Forby n'est qu'à quelques minutes d'ici. Veux-tu que nous allions faire un tour?

Ils remontèrent High Street et traversèrent le pont de Kingsbrook. Archery était fier d'avoir son fils avec lui. Il savait qu'ils se ressemblaient beaucoup, mais il ne s'illusionnait pas au point de croire que l'on pourrait les prendre pour des frères. Ce temps humide avait éveillé un lumbago lui rappelant son âge.

— Au fait, dit-il à Charles, te souviens-tu d'où est extraite cette citation :

> Va, Berger, trouve ton repos!
> Nous avons conté ton histoire
> L'agneau de Dieu expiatoire
> Te ramènera au troupeau

— Cela me paraît familier, mais je ne la situe pas. Où l'as-tu vue?
— Sur une tombe au cimetière de Forby.
— Ça, c'est le bouquet! Je pensais que tu voulais nous aider, Tess et moi, et tout ce que tu as trouvé est de te promener dans un vieux cimetière!

Archery se contint avec difficulté. Si Charles était déterminé à tout prendre en main, il n'avait aucune raison pour ne pas retourner immédiatement à Thringford. Rien ne le retenait à Kingsmarkham. Il se demanda pourquoi la perspective de rentrer au presbytère lui semblait si ennuyeuse. Brusquement, il s'arrêta en saisissant son fils par le bras.

— Qu'y a-t-il?
— Cette femme, devant le boucher, celle qui porte une cape, c'est cette Mrs. Crilling dont je t'ai parlé. Marche, je préfère ne pas la rencontrer.

Mais il était trop tard. Elle l'avait vu et se précipitait à sa rencontre.

— Mr. Archery, mon cher ami!

Elle lui saisit les deux mains et les serra avec ferveur.

— Quelle bonne surprise! Ce matin encore je disais à ma fille : je souhaite vivement revoir ce saint homme pour le remercier de son soutien dans ces moments difficiles.

C'était là une nouvelle volte-face. La cape était convenable mais en dessous, la robe de coton était tachée de graisse. Elle eut un gracieux sourire.

— Voici mon fils Charles, murmura Archery, Charles, je te présente Mrs. Crilling.

A sa surprise, Charles tendit la main en s'inclinant :

— Je suis enchanté de vous rencontrer. J'ai tant entendu parler de vous.

— Eh bien, j'espère... et maintenant ne me refusez pas un petit plaisir, acceptez de venir avec moi au *Carrousel* prendre une tasse de café, à mes frais, bien entendu.

— Notre temps est à votre disposition dit Charles avec galanterie, au moins jusqu'à onze heures quinze, mais jamais nous ne permettrons à une dame de nous inviter.

C'était évidemment la bonne façon de s'y prendre avec elle.

— Que vous êtes galant! gloussa-t-elle en se dirigeant vers le café. Les enfants sont une telle bénédiction. Le couronnement de toute une existence. Vous devez être fier de votre fils, mon cher ami, même s'il vous éclipse un peu.

Charles lui avança une chaise. Ils étaient les seuls clients, et personne ne vint prendre la commande. Mrs. Crilling se pencha vers Archery pour chuchoter :

— Mon bébé a trouvé une situation. Elle commence demain comme ouvrière dans une usine de vêtements. Les perspectives sont excellentes. Avec son intelligence, nul ne peut prédire jusqu'où elle ira. L'ennui est qu'elle n'a jamais eu de véritable chance.

Elle s'était exprimée posément. Brusquement, elle lui tourna le dos et frappa le sucrier sur la table en criant :
— Service, s'il vous plaît!

Charles sursauta tandis que son père lui décochait un regard amusé.

— On lui a toujours fait beaucoup de promesses qui n'ont pas été tenues, reprit-elle de sa voix tranquille, son père était comme ça. Il a été fauché par la tuberculose dans la fleur de l'âge.

Archery tressaillit quand elle se retourna de nouveau pour hurler :
— Où donc sont ces maudites serveuses?

Une femme portant une blouse grise sortit de la cuisine. Elle jeta un regard méprisant sur Mrs. Crilling :
— Je vous ai demandé de ne plus venir ici si vous ne pouvez pas vous conduire convenablement, Mrs. Crilling. Que puis-je vous servir, messieurs?
— Trois cafés, s'il vous plaît.
— De quoi parlions-nous?
— De votre fille.
— Ah oui, mon bébé. C'est curieux qu'elle ait eu autant de malchance, parce que tout semblait lui sourire quand elle était petite. J'avais une vieille amie qui adorait mon bébé et elle roulait sur l'or...

Le café arriva, c'était un expresso avec de la mousse sur le dessus de la tasse.

— Une très vieille amie qui n'était plus très responsable de ses actes. Sénile, en quelque sorte. Elle ne cessait de me répéter qu'elle voulait faire quelque chose pour mon bébé. Je n'y attachais pas d'importance, bien sûr, sachant qu'il ne faut pas compter sur les souliers d'un mort.

Elle s'interrompit pour faire tomber quatre morceaux de sucre dans sa tasse.

— Naturellement, dit Charles, personne n'aurait l'idée de vous attribuer des pensées intéressées.

Elle sourit avec suffisance et — pour la plus grande joie d'Archery — se pencha pour tapoter la joue de Charles.

— Vous êtes un cher garçon compréhensif, dit-elle, cependant il faut penser à votre avenir. Je ne croyais pas que c'était nécessaire jusqu'au jour où le docteur m'a dit que mon mari n'avait plus que six mois à vivre... j'allais être sans ressources avec mon bébé sur les bras...

— Poursuivez, dit Charles, c'est très intéressant.

— Vous devriez faire un testament, ai-je dit à ma vieille amie, mille ou deux mille livres seraient un tel secours pour mon bébé. Vous savez combien elle a réjoui vos vieux jours, alors que vos petits-enfants n'ont jamais rien fait pour vous.

— Et pourtant, elle n'a pas fait de testament.

— Qu'en savez-vous? Une semaine avant sa mort, je m'étais procuré une formule de testament, mais elle n'a pas voulu le signer, la vieille guenon! Chaque fois que je disais un mot, cette vieille folle de servante venait m'interrompre. Un beau jour, elle attrapa la grippe et dut garder le lit. J'en profitai : « Avez-vous pensé à la façon de disposer de vos biens temporels? » ai-je demandé à mon amie. « Je devrais peut-être faire quelque chose pour Lizzie, » répondit-elle et je compris que c'était l'occasion ou jamais.

« Je retournai chez moi. Je ne voulais pas signer comme témoin pour ne pas être accusée de détournement d'héritage. Ma voisine, Mrs. White voulut bien venir avec sa femme de ménage. Elles étaient ravies de l'importance que ça leur donnait.

Archery voulut objecter : Mais Mrs. Primero est morte intestat, et n'osa pas l'interrompre.

— Tout fut écrit, noir sur blanc. " Le sang est plus

épais que l'eau, " disait ma vieille amie, mais ça ne l'empêchait pas de porter ses petits-enfants pour cinq cents livres chacun. Il y avait mille huit cents livres pour mon bébé, et je devais en avoir l'usufruit jusqu'à sa majorité. Elle laissait aussi un petit quelque chose à Miss Flower sa gouvernante. Je reconduisis Mrs. White et sa femme de ménage jusqu'à la porte et déclarai à mon amie que j'allais mettre le testament de côté dans mon armoire. Elle me promit de n'en parler à personne. Et, le croirez-vous? Une semaine plus tard, elle mourait.

Charles remarqua innocemment :

— C'était un beau départ dans la vie pour votre fille, Mrs. Crilling.

Il s'arrêta. Le visage de Mrs. Crilling était devenu d'une pâleur mortelle. Les yeux brillants, elle poursuivit d'une voix tremblante.

— Le seul soutien que ma fille a jamais reçu lui est venu de la famille de son père. Par pure charité. « Envoyez-moi les factures de l'école, Josée, » me disait son oncle, « je les règlerai directement. Sa tante l'accompagnera pour lui acheter son uniforme. »

— Qu'était donc devenu le testament?

— Ce maudit testament! cria Mrs. Crilling, il n'était pas légal! Je m'en aperçus seulement après sa mort. Je le portai à Maître Quadrats, le notaire de High Street. Le vieux Quadrats vivait encore. « Qu'est-ce que ces corrections? » demanda-t-il. Saisie de stupeur, je regardai. La vieille guenon avait ajouté un tas de rectifications et fait des ratures partout. Elle avait gribouillé le testament pendant que je reconduisais Mrs. White. « Cela invalide le document, » déclara le notaire. « Il fallait faire signer les témoins ou ajouter un codicile. Nous pouvons essayer de plaider, mais je ne donne pas grand chose de vos chances de gagner. »

A la consternation d'Archery, un flot d'obscénités sortit de ses lèvres. La patronne de l'établissement s'approcha et la prit par le bras.

— Sortez d'ici, nous ne voulons pas de scandale.
— Seigneur! dit Charles quand elle fut partie, quelle horrible mégère!
— Je dois avouer que son vocabulaire laisse beaucoup à désirer.
— Il ne convient guère à tes chastes oreilles, dit Charles en riant.
— Néanmoins, tout cela est fort instructif. As-tu toujours l'intention d'aller voir Mr. Primero?
— Plus que jamais.

Archery attendit longtemps dans le corridor menant au bureau de Wexford. Comme il était sur le point de renoncer, la porte s'ouvrit, et un petit homme aux yeux vifs entra avec deux policiers. Visiblement, il était en état d'arrestation, mais tout le monde semblait le connaître et le regarder avec une sorte d'ironie amusée.

— Je ne peux pas supporter ces immeubles modernes, dit-il avec impudence au sergent. — Au même instant, Wexford sortit de son bureau et, ignorant Archery, s'approcha du nouvel arrivant qui poursuivait : — Rendez-moi les bons vieux immeubles d'antan. J'ai un esprit rétrograde.

— Je ne m'intéresse pas à vos considérations sur l'art décoratif Matthews, dit Wexford.

Le petit homme se tourne vers lui en souriant :
— Vous aviez la langue bien pendue autrefois, chef, votre sens de l'humour s'étiole en vieillissant. Dommage, vraiment.

— Taisez-vous.

Archery écoutait avec admiration. Il aurait souhaité posséder cette autorité pour s'adresser à Mrs. Crilling et même à Charles afin de lui conseiller de se présenter à Mr. Primero sans artifices ni subterfuges.

Poussant le petit homme dans son bureau, Wexford referma la porte sur eux.

— Ne pourrais-je voir l'inspecteur Burden? demanda Archery au sergent.

— Je vais voir s'il est libre, monsieur.

Burden sortit pour l'accueillir.

— Bonjour, monsieur, il fait toujours aussi chaud n'est-ce pas?

— J'ai quelque chose d'important à vous communiquer, pouvez-vous m'accorder quelques minutes d'entretien?

— Bien sûr.

Mais il ne bougea pas pour l'emmener dans un endroit plus privé. Le sergent était penché sur un gros registre. Assis sur une chaise en forme de conque devant la porte fermée du bureau de Wexford, Archery se sentait l'âme d'un écolier qui attend d'être reçu par le proviseur. Sur un ton désabusé, il fit part à Burden de ce que lui avait raconté Mrs. Crilling.

— Très intéressant, dit Burden qui avait tiré une chaise près de lui. Voulez-vous dire que lorsque Mrs. Primero a été assassinée, Mrs. Crilling croyait que le testament fait en faveur de sa fille était valable?

— C'est à peu près cela en effet.

— Nous ne pouvons rien faire, vous devez le comprendre.

— Je voudrais que vous me disiez si j'ai des éléments suffisants pour écrire au procureur général.

— Vous n'apportez aucune preuve circonstancielle permettant de rouvrir le dossier.

Un constable vint frapper à la porte de Wexford et fut admis. Un rire sardonique fusa par la porte entrouverte. Fort déraisonnablement Archery se sentit visé.

— Je crois que je vais écrire, malgré tout.
— A votre guise, monsieur, dit Burden en se levant. Avez-vous visité un peu la région?

Archery ravala sa colère. Si Burden avait l'intention de terminer la conversation en vain bavardage, il allait être servi.

— Je suis allé à Forby, hier, dit-il, et au cimetière j'ai remarqué la tombe de ce garçon dont nous parlait Mr. Wexford l'autre jour, celui qui a été tué dans un accident il y a vingt ans. Son nom est Grace.

Burden offrit un visage poli, mais le sergent leva la tête avec intérêt.

— Je suis moi-même natif de Forby, monsieur. On parle beaucoup de John Grace chez moi, et on continue à en parler même après vingt ans passés.

— Ah? Pourquoi donc?

— Il se prenait pour un poête, le pauvre gosse. Il a aussi écrit une pièce de théâtre du genre mystique. De son vivant, il faisait du porte à porte pour vendre ses vers.

— Etait-il berger?

— Pas à ma connaissance, mais ouvrier boulanger ou quelque chose de ce genre.

La porte de Wexford s'ouvrit. Le constable sortit et vint dire à Burden que l'inspecteur désirait le voir.

Burden accompagna Archery jusqu'à la porte.

— On me demande, monsieur, et je vous prie de m'excuser. Avez-vous pu voir Alice Flower à temps?

— Oui, je lui ai parlé, pourquoi?

— Elle esr morte hier. La nouvelle est dans le journal.

Archery acheta le *Kingsmarkham Chronicle* et trouva le faire-part en bas de la dernière page.

Il replia le journal et l'emporta pour le lire à la terrasse de l'hôtel.

Miss Alice Flower est décédée hier à l'hôpital de Sto-

werton. Elle était âgée de quatre-vingt-sept ans. On se rappellera surtout Miss Flower, qui vivait dans la région depuis vingt-cinq ans, pour avoir joué un rôle important dans le célèbre procès de La Parcelle de Victor. *Durant de nombreuses années, elle avait été l'amie et la dame de compagnie de Mrs. Primero. Les funérailles auront lieu jeudi en l'église paroissiale de Forby. Mr. Roger Primero a exprimé le vœu que le service religieux soit célébré dans le calme et le recueillement, et qu'il n'y ait pas de curieux.*

Roger Primero, fidèle jusqu'à la fin, pensa Archery. Il se prit à espérer que Charles n'ait rien fait pour froisser cet homme bon et droit. Ainsi, Alice Flower était morte. Elle avait juste eu le temps de lui confier tout ce qu'elle savait. Une nouvelle fois, il s'émerveilla des voies de Dieu.

Un peu plus tard, il entra pour déjeuner. Que diable faisait Charles? Il y avait plus de deux heures qu'il était parti. Primero avait dû voir clair à travers cette absurde histoire de journaliste et...

Son imagination l'entraînant à voir son fils interrogé par Wexford dans une de ses pires humeurs, il commençait à picorer dans la salade de fruits quand Charles surgit dans la salle de restaurant en agitant les clefs de la voiture.

— Je me demandais ce que tu étais devenu.

— J'ai eu une matinée fort instructive. Rien de neuf ici?

— Pas grand-chose. Alice Flower est morte.

— Tu ne m'apprends rien. Primero n'a pas arrêté d'en parler. Apparemment, il est resté des heures à son chevet hier. — S'installant sur une chaise, il soupira : — Quelle chaleur il faisait dans la voiture! Au fait, cette mort m'a plutôt servi. Ça m'a permis d'aborder plus facilement l'histoire du meurtre.

— Je ne te savais pas cynique à ce point!

— Oh! allons, Père, elle était paralysée depuis des années et ne devait guère tenir à la vie. Veux-tu savoir ce que j'ai appris?
— Bien sûr.
— Si tu ne prends pas de café, allons dehors.

Il n'y avait personne sur la terrasse. Un rosier grimpant s'effeuillait sur les chaises. Sans ménagement, Charles débarrassa les sièges des pétales de roses. Pour la première fois, son père remarqua qu'il semblait extrêmement satisfait.

— Bon, dit-il une fois qu'il fut assis. Parlons d'abord de la maison. C'est imposant. Plus de dix fois l'importance de Thringford Manor. Tout en pierres de taille grises. Mrs. Primero vivait là quand elle était jeune, et Roger a acheté la propriété au printemps dernier. Il y a un parc avec des biches et une longue allée pavée conduit à l'entrée. De la route, on ne voit pas la maison qui est cachée par les cèdres du parc.

« Ils ont un valet de chambre italien qui ne vaut pas les nôtres, mais je suppose que cette race est en voie de disparition. Donc, ce valet de chambre m'introduisait dans un hall aussi vaste que tout le rez-de-chaussée de notre maison et m'a laissé attendre là environ dix minutes. J'étais un peu nerveux car je me disais que Primero pouvait avoir téléphoné au journal où on lui aurait dit qu'on n'avait jamais entendu parler de moi. Mais il ne l'avait pas fait et tout se passa bien.

« Il me reçut dans la bibliothèque où se trouve une superbe collection de livres rares. La pièce est entièrement meublée en cuir noir, le genre moderne qui est magnifique si on y met le prix. Il me pria de m'asseoir et m'offrit un verre.

— N'était-il pas un peu tôt pour cela?
— Dans ce monde-là, on picole toute la journée. Sa femme est venue nous rejoindre. Une assez jolie personne, élégamment vêtue. Je n'aimerais pas que Tess

s'habille ainsi, mais de toute façon, elle ne me demanderait pas mon avis.

— Poursuis.

— Nous bûmes. Mrs. Primero n'était pas très bavarde, mais son mari se montra prolixe. Je n'ai pas eu à lui poser beaucoup de questions, aussi tu n'as pas besoin d'avoir des problèmes de conscience. Il en vint tout naturellement au meurtre. Il a répété à plusieurs reprises qu'il regrettait d'avoir quitté *La Parcelle de Victor* si tôt le dimanche. Il aurait aisément pu rester plus longtemps. Il m'a déclaré :

« Je devais retrouver deux amis dans un pub de Sewingbury et finalement j'y allai en pure perte car mes amis ne vinrent pas, ou plus exactement, ils étaient bien au rendez-vous, mais je m'étais trompé de pub. Je les attendis environ une heure avant de rentrer chez moi. » Que penses-tu de cela ? Je trouve ces arguments plutôt faibles.

— Il n'avait pas besoin de t'en parler. De toute façon, la police a dû le questionner à ce sujet.

— Peut-être ou peut-être pas. Il ne l'a pas précisé. Venons-en à l'argent. Je peux ajouter que l'argent est le ressort de toute son existence.

Inexplicablement, Archery se sentait porté à se poser en défenseur de Roger Primero. Peut-être parce qu'Alice Flower l'avait dépeint sous un jour si favorable.

— J'avais l'impression que c'était un homme sympathique, dit-il.

— En effet, dit Charles avec indifférence. Il a le succès modeste et ne fait pas étalage de sa fortune. Mais venons-en au nœud de la question. Juste avant la mort de Mrs. Primero, un de ses amis lui proposa d'entrer en affaires avec lui. Export-import, à ce que j'ai cru comprendre, mais cela importe peu. L'ami devait mettre dix mille livres dans l'affaire, et Primero également, mais il n'avait pas d'argent, aussi c'était pour lui une situation sans issue quand Mrs. Primero mourut fort opportunément.

— Nous savons tout cela, Alice Flower me l'a raconté.

— Il y a autre chose qu'elle ignorait. « C'est ce qui m'a permis de réussir, a-t-il dit d'un air dégagé, non que je n'aie été affligée par la mort de ma grand-mère. J'ai donc investi cet argent dans l'affaire et depuis je n'ai plus jamais regardé derrière moi. »

« Je me trouvais devant un dilemme, reprit Charles après une pause. Tout se passait si bien que je ne voulais pas faire un pas de clerc. J'eus l'impression qu'il me regardait avec un air de défi, et je compris pourquoi : *Il ignorait ce que je savais sur la fortune de Mrs. Primero.* Elle était morte intestat il y a seize ans. J'étais journaliste et j'étais censé m'intéresser à lui et non à sa grand-mère.

— On peut interpréter un regard de bien des manières.

— Attends une minute. Je posai une question au hasard et elle fit mouche. « Ainsi vous avez touché dix mille livres, juste au moment où vous en aviez besoin », dis-je. Primero ne répondit pas, mais sa femme déclara : « C'était la somme exacte après déduction des frais de succession. Vous devriez me poser les questions. Roger m'en a parlé si souvent que je connais les réponses aussi bien si ce n'est mieux que lui. »

Je ne pouvais en rester là. « Vous aviez des sœurs, Mr. Primero », dis-je, « ont-elles hérité de la même somme? » Il parut surpris. Bien entendu cela ne me regardait pas, aussi ajoutai-je pour me justifier : « Réussissent-elles aussi bien que vous en affaires? » Je le vis se détendre. « Nous ne les voyons guère », répondit-il. « On peut même dire que nous ne les voyons jamais », renchérit sa femme. Il lui lança un regard mécontent et dit : « L'une est mariée, l'autre travaille à Londres. Elles sont beaucoup plus jeunes que moi. » « Ce doit être agréable d'hériter de dix mille livres quand on est enfant », dis-je. « J'imagine que c'est toujours agréable », répondit-il, « mais je n'ai plus eu l'occasion d'hériter. Voulez-vous que nous parlions d'autre chose? »

« Je fis semblant de prendre des notes. Quand nous eûmes terminé, il se leva et me serra la main en disant qu'il attendait avec impatience la sortie du journal. Je me sentis un peu gêné, mais sa femme sauva la situation en m'invitant à déjeuner. J'acceptai et fis un repas parfait : saumon fumé, énorme steack et framboises à la liqueur.

— Tu as un fameux toupet, dit Archery, ce n'est pas bien d'agir ainsi. C'est malhonnête.

— Tout pour la bonne cause, tu connais mon point de vue.

— Je sais, dit son père avec irritation. Miss Flower et Mrs. Crilling ont toutes les deux prétendu que Mrs. Primero n'avait laissé que dix mille livres. Apparemment, Roger Primero n'a pas reçu que sa part, il s'est approprié tout l'héritage.

— Oui, mais comment? Il n'y avait pas de testament. J'ai contrôlé ce point, et il y avait trois héritiers. Roger, Angela et Isabel. Mrs. Primero n'avait pas d'autres héritiers. Selon la loi, sa fortune aurait dû être partagée en trois. Or, Roger a tout eu.

— Je ne comprends pas.

— Moi non plus. J'en saurai peut-être davantage quand j'aurai vu ses sœurs. Je ne pouvais lui demander leur adresse, mais Primero n'est pas un nom courant, je trouverai peut-être quelque chose sur l'annuaire de Londres. Je n'ai pas encore décidé l'attitude à tenir. Je pourrais peut-être prétendre appartenir au service des impôts.

— *Facilis Descensus Averni!*

— Dans de telles circonstances, il faut oser. Puis-je avoir la voiture demain?

— Si tu en as besoin.

— Je pensais que tu pourrais aller à *La Parcelle de Victor* pour te rendre compte si Primero n'a pu se cacher quelque part au lieu de s'en aller comme il l'a prétendu.

— Ne laisses-tu pas ton imagination t'entraîner un peu loin?

— C'est une tare de famille. — Soudain son regard se rembrunit et il se prit la tête entre les mains : — Tess ne m'a pas donné signe de vie depuis deux jours, et je ne veux pas la perdre.

S'il avait eu dix ans de moins, son père l'aurait pris dans ses bras. Mais s'il avait eu dix ans de moins, de tels problèmes ne se poseraient pas.

— Je me moque de ce que son père était ou de ce qu'il a fait, gémit Charles, je me moque si un de mes ancêtres a été pendu, mais tu attaches de l'importance à ces fariboles et elle aussi... Oh! à quoi bon! — Il se leva : — Je m'excuse de me donner en spectacle, Papa, je sais que tu fais de ton mieux, mais, à ton âge, tu ne peux pas comprendre.

Sans regarder son père, il se détourna et entra dans l'hôtel.

CHAPITRE XI

Angela Primero vivait dans un appartement de Baron's Court. A vingt-six ans, elle était l'aînée des deux petites filles de Mrs. Primero. C'était tout ce que

Charles Archery savait d'elle... avec son numéro de téléphone qu'il avait trouvé aisément. Augurant mieux de sa première histoire, il se présenta comme l'envoyé du *Sunday Planet,* la mort d'Alice Flower ayant apporté un regain d'intérêt au meurtre de la vieille dame.

Miss Primero avait une voix basse et grave, presque masculine. Elle avait accepté de le recevoir en lui faisant remarquer que les souvenirs qu'elle gardait de sa grand-mère étaient vagues. Justement, répondit-il, il demandait des souvenirs d'enfance pour donner plus de véracité à son article.

Elle ouvrit la porte si vite qu'il se demanda si elle l'attendait derrière. Son apparence le surprit car connaissant son frère, il s'était attendu à une femme petite et brune de type méditerranéen. Il avait vu une photographie de Mrs. Primero et, bien que son visage ait été buriné par les ans, on y voyait encore les vestiges d'une beauté aquiline et une forte ressemblance avec Roger.

La jeune fille qu'il avait devant lui avait un visage aux traits accusés, une vilaine peau et une mâchoire proéminente. Ses cheveux étaient ternes. Elle portait une robe bleu foncé achetée dans un grand magasin. Malgré sa corpulence, elle était bien faite.

— Mr. Bowman?

Charles était satisfait du nom qu'il s'était inventé. Il eut un sourire aimable.

— Je suis très heureux de vous rencontrer, Miss Primero.

Elle l'introduisit dans un petit salon sommairement meublé. Il ne put s'empêcher d'établir une comparaison avec le luxe dans lequel vivait son frère à Forby Hall. Il n'y avait ici ni livres rares, ni bibelots précieux, ni fleurs coûteuses. Les seuls ornements étaient des photographies encadrées d'une jeune femme blonde et d'un bébé.

Elle suivit son regard et son visage s'adoucit d'un sourire :

— Ma sœur, dit-elle. Elle est dans la chambre occupée à changer son bébé. Elle vient me voir tous les samedis matins.

Charles se demanda ce qu'Angela Primero faisait pour vivre. Dactylo peut-être ou employée de bureau.

— Je vous en prie, asseyez-vous, dit-elle.

D'un appartement voisin, il entendit de la musique et le bruit d'un aspirateur.

— Que désirez-vous savoir?

Il y avait des cigarettes sur la cheminée. Elle en prit une et lui tendit le paquet. Il refusa.

— D'abord, quels souvenirs avez-vous gardés de votre grand-mère?

— J'en ai fort peu, en vérité. Nous sommes allées prendre le thé chez elle plusieurs fois. C'était dans une grande demeure sombre et j'avais peur d'aller seule dans la salle de bains. Sa gouvernante devait m'y conduire. — Elle eut un rire bref et il était difficile de se rappeler qu'elle n'avait que vingt-six ans. — Je n'ai jamais vu Painter, si c'est ce que vous voulez savoir. Il y avait une petite fille qui habitait en face de chez Granny Rose, et je crois que Painter avait également une fille. J'ai parlé d'elle une fois à ma grand-mère, mais elle m'a dit qu'elle était commune et que nous n'avions rien à faire avec elle.

Charles se frotta les mains dans un brusque désir de voir Tess et de la mettre à côté de cette fille à qui l'on avait dit de la mépriser.

La porte s'ouvrit, et la jeune femme de la photographie entra. Angela Primero se leva aussitôt pour prendre le bébé. Les connaissances de Charles en matière de nourrissons étaient vagues. Il pensa que celui-ci pouvait avoir six mois. Il lui parut petit et inintéressant.

— Voici, Mr. Bowman, chérie. Ma sœur Isabel Fairest.

Mrs. Fairest n'avait qu'un an de moins que sa sœur, mais elle ne paraissait pas avoir plus de dix-huit ans. Elle était petite et mince avec un visage aux traits délicats et de grands yeux bleus très clairs. Charles pensa qu'elle ressemblait à un petit lapin. Ses cheveux étaient d'un joli blond naturel.

Roger avait les yeux et les cheveux noirs. Les cheveux d'Angela étaient châtain et ses yeux noisette. Aucun des trois ne ressemblait aux autres.

Mrs. Fairest s'assit. Elle ne se croisa pas les jambes, mais posa les mains sur ses genoux comme une petite fille bien sage. Il était difficile d'imaginer qu'elle était mariée et qu'elle avait donné naissance à un enfant. Sa sœur ne la quittait pas des yeux, si ce n'était pour bercer le bébé. Mrs. Fairest avait une petite voix douce teintée d'accent cockney.

— Ne te fatigue pas, chérie, mets-le dans son berceau.

— Tu sais que j'adore le tenir. N'est-il pas magnifique? Veux-tu sourire à Tatie, mon amour? Tu reconnais Tatie même si tu ne l'as pas vue de toute la semaine.

Mrs. Fairest se leva pour aller se placer derrière la chaise de sa sœur. Ensemble, elles câlinèrent le bébé. Il était évident qu'elles étaient très attachées l'une à l'autre, mais l'affection d'Angela était plus maternelle, et Isabel semblait dépendre beaucoup de sa sœur. Charles se demanda si elles n'avaient pas oublié sa présence.

— Nous disions donc, Miss Primero...

— Oui... je ne me souviens pas d'autre chose au sujet de ma grand-mère. Ma mère s'est remariée lorsque j'avais seize ans. Est-ce le genre de détail que vous désirez savoir?

— Oui.

— Ma mère s'est donc remariée et elle est partie avec mon beau-père vivre en Australie. Ils voulaient que nous partions avec eux, mais je n'ai pas voulu. Isabel et moi étions encore en classe. Je voulais poursuivre des études, mais j'ai dû abandonner un peu plus tard. Nous avons vécu ensemble et nous avons travaillé.

C'était un récit très ordinaire. Charles pensa que bien des choses étaient passées sous silence. Il n'était pas fait mention de la dureté de cette vie et des privations. De l'argent aurait pu tout changer, mais elle n'avait fait aucune allusion à la fortune de sa grand-mère, ni à son frère.

— Isabel s'est mariée il y a deux ans. Son mari travaille aux services des postes. Je suis secrétaire dans un journal. Il faudra que je demande si l'on a entendu parler de vous.

— Certainement, fit-il avec une assurance qu'il ne ressentait pas.

Il aurait voulu parler de l'héritage, mais ne savait comment aborder le sujet.

— J'aime venir ici, c'est si tranquille dit Mrs. Fairest qui ne semblait pas entendre le bruit de l'aspirateur. Mon mari et moi vivons dans une seule pièce, qui est grande, mais terriblement bruyante, particulièrement pour le week-end.

Charles savait que sa remarque serait impertinente, mais il devait la faire :

— Je suis surpris que votre grand-mère ne vous ait rien laissé.

Angela Primero haussa les épaules :

— C'est la vie.

— Dois-je lui dire, chérie? demanda timidement Isabel.

— A quoi bon? C'est sans intérêt. — Se tournant

vers Charles, elle expliqua : — De toute façon, vous ne pourriez en parler dans votre article sous peine d'être poursuivi pour diffamation.

Bon sang de bon sang! Pourquoi n'avait-il pas prétendu appartenir au ministère des Finances? Elles auraient plus volontiers parlé d'héritage.

— Je crois cependant que les gens doivent savoir, dit Mrs. Fairest en montrant une initiative dont il ne l'aurait pas crue capable; vraiment, chérie, depuis que je suis en âge de comprendre, je pense que les gens doivent savoir la façon dont il nous a traitées.

Charles posa son carnet.

— Je n'en ferai pas mention dans mon article, Mrs. Fairest.

— Tu vois bien, Angela, il ne dira rien... et même s'il le fait il faut que l'on apprenne ce qu'est Roger.

Le nom était prononcé. Il y eut un long silence. Charles fut le premier à se ressaisir. Il eut un sourire rassurant. Isabel Fairest s'écria :

— Et même si vous en parlez dans votre journal et que l'on me mette en prison, je m'en fiche! Granny Rose a laissé dix mille livres, et nous aurions dû toucher notre part d'héritage, mais nous n'avons rien eu. Roger — notre frère — a hérité de tout. Ma mère avait un ami qui était avocat dans la firme où travaillait Roger. Il prétendait que nous pouvions essayer d'intenter une action en justice, mais Mère n'a pas voulu parce qu'elle trouvait que c'était affreux de traîner son propre fils devant les tribunaux. Nous étions des enfants alors et nous n'avions pas voix au chapitre. Mère prétendait que Roger nous aiderait, qu'il avait le sens moral, mais il ne fit jamais rien. Puis Mère se disputa avec lui et nous ne l'avons jamais revu depuis que j'avais dix ans et Angela onze. Je ne le reconnaîtrais pas si je le rencontrais dans la rue.

C'était une histoire étonnante. Ils étaient tous les

trois les petits-enfants de Mrs. Primero; tous avaient droit à l'héritage dans le cas où il n'y avait pas de testament, et il n'y en avait pas eu.

— Je ne veux rien voir de tout cela dans votre journal, déclara Angela avec brusquerie.

— Je n'en publierai pas un mot, dit Charles en toute sincérité.

— Le fait est que nous ne pouvions prétendre à l'héritage. Nous n'avions aucune chance de gagner le procès. Mais attention, les choses auraient été différentes si ma grand-mère était morte un mois plus tard.

— Je ne vous suis pas bien.

— Avez-vous déjà vu mon frère?

Charles hocha la tête. Avec un geste dramatique, elle prit sa sœur par les épaules et la poussa devant elle.

— Roger est petit et brun. Regardez Isabel et moi. Nous ne nous ressemblons pas, n'est-il pas vrai? Nous n'avons pas l'air d'être des sœurs parce que nous ne le sommes pas, et Roger n'est pas notre frère. Oh! Roger est bien le fils de nos parents, et Mrs. Primero était sa grand-mère. Mère ne pouvait plus avoir d'enfants. Nos parents attendirent onze ans avant de se décider à m'adopter. Un an plus tard, ils adoptaient également Isabel.

— Mais... je... vous avez bien été adoptées légalement...

— Oui, certainement. Cela ne fait aucune différence. Les enfants adoptés ne peuvent hériter quand la personne décède sans avoir fait de testament. Du moins, c'était la loi jusqu'en septembre 1950. Ils le peuvent maintenant. La nouvelle loi est entrée en application le premier octobre 1950. C'était bien notre chance!

A la vitrine de l'agent immobilier la photographie donnait une image flatteuse de *La Parcelle de Victor*. Sans doute l'agent avait-il peu d'espoir de vendre la propriété autrement que pour la valeur du terrain, car il accueillit la demande de visite d'Archery avec une belle exubérance. Sans difficulté, il lui remit les clés et un permis de visite.

Archery marcha jusqu'à l'arrêt de l'autobus et se mit à l'ombre pour attendre.

— Mr. Archery!

Il se retourna. A la vitre baissée de la portière de sa voiture son visage semblait encadré comme celui d'un portrait. Les cheveux d'Imogen Ide étaient encore plus blonds que dans ses souvenirs.

— Je vais à Stowerton, puis-je vous déposer quelque part?

Il se sentit soudain ridiculement heureux. Tout disparut, sa préoccupation pour Charles, son chagrin pour Alice Flower, son sentiment d'impuissance devant la redoutable machinerie de la loi. Une joie profonde le submergea et sans chercher à l'analyser davantage, il s'approcha.

— Mon fils a pris la voiture, dit-il, je ne vais pas à Stowerton mais à une maison qui se trouve sur la route et s'appelle *La Parcelle de Victor.*

Elle fronça un peu les sourcils et il supposa que, comme tout le monde, elle connaissait l'histoire car elle le considérait d'un air étrange. Il prit place près d'elle, le cœur battant.

— Vous n'avez pas Le Chien avec vous, remarqua-t-il.

Elle se glissa au milieu de la circulation.

— Il fait trop chaud pour lui. Vous n'avez sûrement pas l'intention d'acheter *La Parcelle de Victor,* je présume.

— Pourquoi? Connaissez-vous cette propriété?

— Elle a appartenu à des parents de mon mari.

Ide? Il ne se souvenait pas avoir entendu dire que la maison ait appartenu à une famille Ide. Peut-être avait-elle été vendue à des Ide avant de devenir une maison de retraite.

— J'ai la clé et un permis de visite, mais je n'ai pas l'intention de l'acheter, c'est seulement...

— De la curiosité? — Elle ne pouvait le regarder en conduisant et il en fut soulagé. — Etes-vous amateur de crime? Eh bien, j'ai envie de vous accompagner. Je n'ai pas besoin d'être à Stowerton avant midi trente, permettez-moi d'être votre guide.

Il ne répondit pas, et elle dut prendre son silence pour un acquiescement, car au lieu de le déposer à l'entrée, elle tourna lentement dans l'allée envahie par les herbes.

Même par ce matin ensoleillé, la maison semblait sombre et peu accueillante. Les briques, d'un rouge sale, étaient coupées de colombages bruns. De nombreuses vitres étaient cassées. Imogen arrêta la voiture devant la porte.

Cet instant aurait dû être important pour lui : son premier contact avec la maison où le père de Tess avait commis — ou n'avait pas commis — son crime. Ses sens auraient dû être en alerte pour noter les détails que la police avait pu négliger. Au lieu de cela, il savourait l'instant présent et se souciait fort peu du passé. Il se sentait plus vivant que depuis bien des années. Il ne vit dans cette maison qu'un endroit désert où il allait se trouver seul avec cette femme séduisante.

Dès lors, il sut qu'il ne devait pas entrer. Il pouvait facilement prétendre ne désirer qu'avoir une vue d'ensemble. Elle était descendue de voiture et clignait des yeux sous le soleil.

— Entrons-nous? demanda-t-elle.

Il introduisit la clé dans la serrure tandis qu'elle se tenait près de lui. Il s'était attendu à une odeur de renfermé. Il en eut à peine conscience. Des rayons de soleil filtraient à travers les vitres sales et on voyait danser la poussière. Il y avait un vieux tapis sur le sol dallé. Elle se prit le talon dans un trou et trébucha.

Elle dut se raccrocher au bras d'Archery.

— Attention où vous posez les pieds, dit-il sans la regarder.

— Il y a beaucoup de poussière dit-elle, cela prend à la gorge. C'est dans cette pièce que le meurtre a été commis.

Elle poussa une porte. Il vit un sol parqueté et une cheminée de marbre. Il y avait de grands rectangles blancs sur les murs à l'endroit où des tableaux avaient été suspendus.

— L'escalier est là, derrière, et de l'autre côté se trouve la cuisine où la pauvre Alice préparait le dîner le dimanche.

— Je ne tiens pas à monter au premier étage, dit-il vivement. Il fait trop chaud, et puis vous risqueriez de vous salir.

Il s'approcha de la cheminée. C'était là que Mrs. Primero était tombée sous le premier coup de hache.

— La scène du crime, dit-il avec emphase.

Les sourcils froncés, elle alla jusqu'à la fenêtre. Le silence était pesant, et il aurait voulu le rompre. Il y avait tant de choses à dire, tant de remarques à faire. Le soleil de midi découpait son ombre parfaite. Ni trop grande, ni trop petite. Il avait envie de tomber à genoux pour la toucher, sachant que ce serait tout ce qu'il aurait jamais d'elle.

Ce fut elle qui parla. Il ne s'était nullement attendu à une remarque de cette sorte.

— Vous ressemblez beaucoup à votre fils, ou plutôt il vous ressemble beaucoup.

La tension disparut, mais il se sentit perdu, frustré.

— J'ignorais que vous l'ayez rencontré.

Elle ne répondit pas directement. Dans ses yeux brillait une lueur de malice.

— Vous ne m'aviez pas dit qu'il travaillait dans un journal.

L'estomac d'Archery se serra. Devait-il soutenir le mensonge de Charles?

— Il vous ressemble vraiment beaucoup, répéta-t-elle, et pourtant je ne m'en suis avisée qu'après son départ. Je suppose que Bowman est un pseudonyme ou un nom de plume? Roger n'a rien remarqué.

— Je ne comprends pas, Mrs. Ide.

Elle se mit à rire et s'arrêta en voyant son air consterné.

— Je crois que nous nous sommes mépris tous les deux, dit-elle gentiment. Ide était mon nom de jeune fille. Celui que j'utilisais comme mannequin.

Il se détourna en posant la paume brûlante de sa main contre le marbre. Elle s'avança vers lui, et il sentit son parfum.

— Mrs. Primero était la parente à qui appartenait cette maison, la parente enterrée à Forby... — Il n'avait pas besoin de sa confirmation et poursuivit : — Je ne comprends pas comment j'ai pu être aussi aveugle...

Qu'allait-elle penser quand le *Sunday Planet* sortirait? Il se prit à supplier le ciel que Charles n'ait rien trouvé auprès de la femme qui était la belle-sœur d'Imogen Ide.

— Me pardonnerez-vous jamais?

— Il n'y a rien à pardonner dit-elle avec surprise ne pouvant se douter qu'il s'excusait pour des fautes à venir. Je suis autant à blâmer que vous. Je ne sais pas pourquoi je ne vous ai pas dit que j'étais Imogen Primero. Ce n'était pas intentionnel. Nous dansions, il s'est passé quelque chose, je ne sais quoi...

Il hocha la tête. Puis ils revinrent dans le hall.

— Vous devez vous rendre à Stowerton, m'avez-vous dit. Je vous remercie de m'avoir conduit jusqu'ici.

Elle posa la main sur son bras.

— Ne prenez pas cet air malheureux. Qu'avez-vous fait de mal? Rien du tout. Ce n'était qu'une erreur...

Sa main était légère. Sans savoir pourquoi, peut-être parce qu'elle aussi avait besoin de réconfort, il la couvrit de la sienne. Au lieu de la retirer, elle la retourna et lui pressa les doigts en tremblant un peu. Il la regarda en éprouvant un désir qui le paralysa. Le visage d'Imogen n'était qu'à quelques centimètres du sien. Puis il n'y eut plus de distance, mais seulement des lèvres douces...

La honte qui le submergea fut d'autant plus terrible qu'il n'avait rien éprouvé de si exquis depuis vingt ans, et peut-être même ne l'avait-il jamais éprouvé. Depuis sa sortie d'Oxford, il n'avait embrassé aucune femme en dehors de Mary. Il ne savait comment terminer ce baiser et il ignorait si cela venait de son inexpérience ou d'un désir de prolonger quelque chose qui était tellement plus et cependant à peine autant — qu'effleurer une ombre.

Elle s'écarta de ses bras brusquement, mais sans le repousser.

— Oh! mon Dieu, fit-elle dans un souffle.

Elle ne souriait pas et elle était très pâle.

Il existait des mots pour dissiper ce genre de malentendu. " Je ne sais pas ce qui m'a pris " ou " j'ai agi sous l'impulsion du moment ". Mais Archery ne songea pas à les utiliser. Perdant complètement la tête, il s'enferra davantage :

— Je vous aime. Je crois que je suis tombé amoureux de vous la première fois que je vous ai vue. Il se passa la main sur son front d'un air hagard. Je suis marié, dit-il, vous le savez, et je suis clergyman. Je n'ai pas le droit de vous aimer et je vous promets de ne plus jamais me retrouver seul avec vous.

Elle écarquilla les yeux avec un air très étonné, mais

il ne put deviner lequel de ces aveux l'avait le plus surprise.

— Je ne peux imaginer qu'il y ait eu la moindre tentation de votre part, reprit-il et comme elle voulait parler, il ajouta : je vous en prie, ne dites rien et partez.

En dépit de sa demande, il espérait qu'elle s'approcherait, le toucherait, mais elle eut un petit geste désabusé, comme si, elle aussi, était la proie d'une émotion profonde. Elle se détourna et sortit en courant.

Après son départ, il s'étonna qu'elle ne lui ait posé aucune question sur les raisons de sa visite dans cette maison. Elle avait dit peu de choses et lui tout ce qui importait. Il pensa qu'il devenait fou, car il ne comprenait pas comment vingt années de stricte discipline avaient pu se dissiper en un instant.

La maison était bien telle qu'elle avait été décrite dans le rapport. Il remarqua la disposition des pièces, le long couloir qui allait de la porte d'entrée à la porte de service où Painter pendait sa blouse, la cuisine, l'escalier étroit. Une sorte de paralysie cérébrale s'était emparée de lui et il marchait comme un automate.

Envahi par les herbes, le jardin tranquille somnolait au soleil. La lumière et la chaleur étourdirent Archery. Tout d'abord, il ne distingua pas les écuries, puis il s'aperçut qu'il les avait sous les yeux. Ce qu'il avait pris pour un épais bosquet était en réalité une solide construction en briques, cachée sous un manteau de vigne vierge. Il avança dans cette direction sans éprouver d'intérêt ou même de curiosité.

Les portes étaient fermées. Il en fut soulagé. Cela lui ôtait toute obligation d'agir. Il s'appuya contre le mur. Les feuilles étaient fraîches et humides. Il revint sur ses pas. Naturellement, la voiture argentée ne pouvait plus être là et elle n'y était pas. Un autobus passa presque tout de suite. Il ne s'aperçut pas qu'il avait oublié de fermer la porte de service de *La Parcelle de Victor*.

Archery rapporta les clés à l'agence immobilière et s'attarda à regarder la photographie de la maison qu'il venait de visiter. Il se décida ensuite à rentrer à l'hôtel. Seize heures trente était habituellement une heure calme chez Olive & Dove, mais c'était samedi, et le temps était magnifique. La salle de restaurant était remplie d'excursionnistes, le salon plein de vieux clients et de nouveaux arrivés prenant le thé.

Le cœur d'Archery se mit à battre un peu plus vite en voyant son fils en conversation avec un couple qui lui tournait le dos. Il voyait seulement que la femme avait des cheveux blonds et que l'homme était brun. Il se fraya un chemin au milieu des chaises et des fauteuils. Quand la femme se retourna, il aurait dû éprouver un soulagement. Il fut amèrement déçu. Tess Kershaw lui souriait.

Il vit alors combien sa présomption avait été folle. Kershaw lui serra la main à son tour, et son visage expressif n'offrait aucune ressemblance avec celui de Roger Primero.

— Charles est passé nous voir en rentrant de Londres, dit Tess.

Elle était peut-être la femme la plus mal habillée de la pièce avec sa blouse de coton blanc et sa jupe de serge bleue. Comme pour s'excuser, elle expliqua :

— Quand nous avons appris la nouvelle, nous avons tout lâché pour venir avec lui. — Elle se leva pour aller jusqu'à la fenêtre et revint en disant : — Comme c'est étrange, j'ai dû passer bien souvent par ici quand j'étais petite fille, mais je n'en ai gardé aucun souvenir.

Main dans la main avec Painter peut-être. Archery s'efforça de ne pas voir dans le joli visage qui lui faisait face, les traits durs de celui qu'Alice Flower appelait " ce maudit Painter ". Mais au fait, n'étaient-ils pas là pour prouver que rien ne s'était passé ainsi?

— La nouvelle? demanda-t-il en se tournant vers Charles.

Celui-ci expliqua :

— Nous sommes tous allés à *La Parcelle de Victor*. Nous ne pensions pas pouvoir entrer, mais quelqu'un avait laissé la porte ouverte, et nous avons pu visiter la maison. Nous avons constaté que Primero aurait pu facilement s'y cacher.

Archery se détourna. Ce nom était maintenant associé pour lui à tant de souvenirs.

— Il a dit au-revoir à Alice, ouvert et fermé la porte sans sortir, puis il s'est glissé dans la salle à manger. Cette pièce n'était plus utilisée et se trouvait dans l'obscurité... — Charles hésita, cherchant ses mots pour ne pas blesser Tess. — Plus tard, quand le charbon fut apporté, il sortit, enfila la blouse pendue derrière la porte de service et... accomplit son forfait.

— Ce n'est qu'une théorie, Charles, dit Kershaw, mais elle est plausible.

— Je ne sais...

— Ecoute, Père, ne souhaites-tu pas que le père de Tess soit innocenté?

Non, pensa Archery, pas si cela doit incriminer le mari d'Imogen. Je lui ai déjà fait du mal, je ne peux lui en faire davantage.

— Tu as parlé d'un mobile...

— Et un merveilleux mobile, s'écria Tess avec excitation.

Il savait ce que cela signifiait. Dix mille livres. Une somme pareille représentait un mobile autrement puissant que les deux cents livres de Painter.

Le regard de Tess s'assombrit. Pensait-elle que pendre un homme innocent était aussi immoral que de tuer une vieille femme sans défense? De quelque façon que tournent les événements, pourrait-elle jamais échapper à ces souvenirs?

— Primero travaillait chez un avocat, reprit Charles, il avait toute facilité pour être au courant des lois en cours. Mrs. Primero pouvait les ignorer si elle ne lisait pas les journaux. Qui s'intéresse aux divers décrets du parlement? En revanche, Primero savait que si sa grand-mère mourrait intestat *avant* le premier octobre 1950, tous ses biens lui reviendraient alors que si elle mourrait *après* cette date, chacune de ses sœurs hériterait d'un tiers de la fortune. Cette nouvelle loi donnait les mêmes droits aux enfants adoptés qu'aux enfants légitimes. Naturellement, Primero le savait.

— Que vas-tu faire?

— Je me suis rendu à la police, mais Wexford ne peut me recevoir avant lundi à quatorze heures. Il est absent pour le week-end. Je parie que la police n'a pas contrôlé les faits et gestes de Primero. Connaissant les flics, j'irai même jusqu'à dire que, dès qu'ils ont mis la main sur Painter, ils n'ont pas cherché ailleurs. — Il regarda tendrement Tess et lui prit la main : — Tu peux dire ce que tu voudras sur l'égalité dans ce pays, ajouta-t-il avec chaleur, mais tu sais aussi bien que moi qu'il existe un préjugé qui fait que classe ouvrière et criminalité sont plus ou moins synonymes. Pourquoi inquiéter un respectable avocat stagiaire quand on a sous la main le chauffeur?

Archery haussa les épaules. Une longue expérience lui avait appris qu'il était inutile de discuter avec Charles quand il exposait ses idéaux socio-communistes.

— Merci pour ton accueil enthousiaste, dit Charles avec ironie pourquoi prends-tu cet air accablé?

Son père ne pouvait le lui dire. Il ployait sous le poids de son chagrin et pour pouvoir répondre, il choisit une explication qu'il pouvait exprimer devant tout le monde :

— Je pensais aux enfants, dit-il, aux quatre petites filles qui eurent à souffrir de ce crime. — Il sourit à Tess : — Vous, ma chère enfant, les deux sœurs Primero et Elizabeth Crilling.

Il n'ajouta pas le nom de la femme qui souffrirait plus qu'aucune d'elles si Charles avait raison.

CHAPITRE XII

L'homme qui fut introduit dans le bureau de Wexford à neuf heures le lundi matin était petit et mince. Ses mains étaient particulièrement fines, et il avait des poignets aussi délicats que ceux d'une femme. Le costume gris foncé qu'il portait sortait du bon faiseur. Wexford qui le connaissait bien s'amusa de noter le saphir qui ornait son épingle de cravate, sa chevalière, sa serviette en crocodile. Combien faudrait-il d'années à Roger Primero pour s'habituer à la richesse?

— Belle journée, dit Wexford, je viens de passer deux jours à Worthing, et la mer était d'huile. Que puis-je pour vous?

— Arrêter un escroc, dit Primero, un jeune lascar qui se fait passer pour journaliste. Je peux bien vous l'avouer, Inspecteur-chef, je suis fou de colère. Puis-je fumer?

— Je vous en prie.

Il sortit un étui à cigarettes et un briquet en or tandis que Wexford se demandait quand allait se terminer cet étalage de richesse.

— Voici ce qui s'est passé. Ce type m'a téléphoné

jeudi dernier en prétendant être journaliste au *Sunday Planet* et désirer écrire un article sur moi, mes débuts dans la vie, etc. Je lui répondis qu'il pouvait venir vendredi et il se présenta au jour dit. Je lui accordai un long entretien, et ma femme le retint à déjeuner. Je parie qu'il n'a jamais fait un pareil repas de toute sa vie!

— Mais l'article ne parut pas et, quand vous avez téléphoné au journal ce matin, vous avez appris qu'on n'avait jamais entendu parler de lui.

— Comment avez-vous deviné?

— Ce sont des choses qui arrivent. Je suis surpris, monsieur, qu'un homme d'expérience tel que vous n'ait pas téléphoné au journal avant même de le recevoir.

— Je me sens terriblement mortifié.

— J'espère qu'il n'a pas cherché à vous escroquer de l'argent.

— Diable. Non!

— Il vous a probablement soutiré des renseignements que vous préféreriez ne pas voir divulger.

— Précisément.

Il avait l'air maussade, mais soudain il sourit, et son visage se métamorphosa. Wexford l'avait toujours trouvé plutôt sympathique.

— Sacré nom d'un chien, Inspecteur-chef!

— Comme vous dites, mais vous avez eu raison de venir nous voir... bien que je ne voie pas très bien ce que nous pouvons faire à moins qu'il n'agisse.

— Que voulez-vous dire?

— Laissez-moi vous donner un exemple. Rien de personnel. Supposez qu'un homme riche, un homme qui est une personnalité connue, confie une indiscrétion à un journaliste sérieux. Neuf fois sur dix, le renseignement ne peut servir car son journal risquerait d'être poursuivi pour diffamation. Wexford s'arrêta en jetant un regard pénétrant à son interlocuteur : — Mais si le même homme fait les mêmes confidences à un imposteur ou à un escroc... qui empêchera cet imposteur de poursuivre son enquête et de fureter pour trouver quelque chose de vraiment ennuyeux. La plupart des gens, même les citoyens les plus respectueux des lois, ont dans leur passé des peccadilles qu'ils n'aimeraient pas voir divulguer. Posez-vous la question. S'il n'est pas ce qu'il a prétendu être, que cherche-t-il? La réponse est qu'il en veut à votre argent ou qu'il est fou. Rassurez-vous, selon mon expérience, la plupart de ces gars-là sont des déséquilibrés. Cependant, si cela peut vous mettre l'esprit en repos pourriez-vous me fournir son signalement. Je suppose qu'il vous a donné un nom.

— Ce ne doit pas être le sien.

— Probablement pas.

Primero se pencha vers lui avec confiance. Au cours de sa longue carrière, Wexford avait appris à reconnaître les parfums et il remarqua que Primero utilisait *Onyx* de Lenthéric.

— Il était assez sympathique, commença Primero, il a plu à ma femme. A propos, je ne lui ai rien dit pour ne pas l'inquiéter. Ce garçon s'exprimait bien, avec l'accent d'Oxford. C'était un grand type blond. Il s'est présenté sous le nom de Charles Bowman.

— Ah! Ah! fit Wexford.

— Inspecteur-Chef...

— Mr. Primero?

— Je viens de me rappeler quelque chose. Il était... comment dire?... extrêmement intéressé par ma grand-mère.

Wexford eut envie de rire.

— D'après ce que vous me dites, je pense pouvoir vous assurer qu'il n'y aura pas de répercussions sérieuses.

— Croyez-vous qu'il soit fou?

— Inoffensif, en tout cas.

— Vous me soulagez. — Primero se leva, prit sa serviette et déclara d'un ton convaincu : — Je serai plus prudent à l'avenir.

— Mieux vaut toujours prévenir que guérir.

— Je ne vais pas vous déranger plus longtemps. — Son visage expressif refléta un air chagrin : — Je vais à un enterrement. Pauvre, vieille Alice!

Wexford avait remarqué la cravate noire sur laquelle brillait le saphir. Il raccompagna Primero jusqu'à la porte. Tout au long de l'entrevue il avait gardé un visage solennel. Maintenant il se permit un rire homérique, bien que silencieux.

Il n'y avait rien à faire jusqu'à quatorze heures. Charles était sorti de bonne heure pour acheter un guide de la région. Assis au salon, il le consultait.

— On dit que Forby est le cinquième plus joli village d'Angleterre, dit Tess.

— Pauvre Forby, répondit Charles en riant, qu'il est triste d'être seulement au cinquième rang!

Kershaw proposa :

— Pourquoi ne pas tous monter dans ma voiture pour aller à Forby, de là, nous pourrions gagner Pomfret. Le musée de Pomfret est ouvert toute la journée en été. Nous reviendrions ensuite à Kingsmarkham par la grande route.

— C'est parfait, dit Tess.

Kershaw s'installa au volant tandis que Archery prenait place à côté de lui et que les jeunes gens montaient derrière. Ils suivirent la route qu'avait emprunté Imogen lorsqu'elle était allée porter des fleurs sur la tombe de Mrs. Primero.

Kershaw gara la voiture sur la place du village. Tout paraissait calme et serein. L'été n'était pas encore assez avancé pour ternir le vert des arbres ou l'éclat des clématites sauvages. Ils s'assirent sur la pelouse au bord d'une mare, et Tess jeta aux canards des biscuits qu'elle avait trouvés dans la voiture. Kershaw sortit un appareil photographique. Au sein de cette atmosphère de vacances, Archery sentit qu'il ne pourrait pas les accompagner. Il n'avait nulle envie de traîner dans les couloirs d'un musée en faisant semblant d'admirer des porcelaines ou des portraits de famille.

— Verriez-vous un inconvénient à ce que je reste ici? J'aimerais revoir l'église.

— Nous allons tous aller à l'église, protesta Charles.

— Je ne peux pas entrer dans l'église en jeans, chéri, dit Tess.

— En effet, dit Kershaw, et il est temps de partir si nous voulons visiter ce musée et revenir vous chercher ici.

— Je peux facilement retourner par l'autobus, dit Archery.

— Bon, mais pour l'amour du ciel, ne te retarde pas, père.

Si ce devait être autre chose qu'un voyage sentimental, lui aussi aurait besoin d'un guide. Lorsque la voiture eut disparu, il entra dans une boutique de souvenirs.

— Nous n'avons pas de guide pour St Mary, mais vous en trouverez sur le parvis de l'église.

Maintenant qu'il était là, il lui fallait acheter quelque chose. Une carte postale? Une petite broche pour Mary? Non, ce serait là une des pires sortes d'infidélité. Commettre l'adultère dans son cœur chaque fois que votre femme porterait ce souvenir. Il regarda autour de lui.

Un petit comptoir était entièrement recouvert de calendriers, de plaques de bois sur lesquelles des citations ou des vers étaient gravés. Une carte postale représentant un berger tenant un agneau dans ses bras attira son attention parce que les mots inscrits sous le dessin naïf lui semblaient familiers.

Va, Berger, trouve le repos...

La boutiquière sourit :
— Je vois que vous admirez les vers de notre poète local, dit-elle. Il est mort très jeune et il est enterré ici.
— J'ai vu sa tombe.
— Beaucoup de gens ont l'impression qu'il était berger, et je suis obligée d'expliquer qu'à une époque berger et poête signifiaient la même chose.
— Lycidas.
— En fait, il avait reçu une bonne instruction. Il était allé au collège, et tout le monde disait qu'il aurait dû aller à l'université. Il a été tué dans un accident de la route. Aimeriez-vous voir sa photographie?
De sous le comptoir, elle sortit quelques cartes bon marché, toutes semblables et portant la légende : JOHN GRACE, *Barde de Forby. Ceux qui sont aimés de Dieu meurent jeunes.*
Il avait un beau visage ascétique aux traits fins dénotant une extrême sensibilité. Il donnait l'impression de souffrir d'une anémie pernicieuse. Archery eut l'étrange impression de l'avoir déjà vu quelque part.
— Certaines de ses œuvres ont-elles été publiées?
— Quelques poèmes ont paru dans des magazines, c'est tout. Je n'avais que dix ans à l'époque, mais je me rappelle qu'un éditeur qui avait une résidence secondaire ici avait l'intention de publier un recueil de ses poésies quand le pauvre garçon est mort. Mrs. Grace, sa mère, aurait voulu continuer les pourparlers, mais il advint que la plupart de ses œuvres disparurent. Sa mère disait qu'il avait écrit des pièces de théâtre, mais on ne put les retrouver. Peut-être les avait-il brûlées. C'est bien dommage.

Archery regarda par la fenêtre en direction de l'église.

— Peut-être vaut-il mieux qu'il repose comme un Milton inconnu...

— Oui, dit la femme, mais on ne sait jamais, peut-être retrouvera-t-on un jour ses manuscrits, et il connaîtra alors une gloire posthume.

Archery paya cinq *cents* pour la carte du berger et de l'agneau, et partit en direction de l'église. Il ouvrit le portail du cimetière et contourna l'église dans le sens des aiguilles d'une montre. Qu'avait-elle dit? " Il ne faut jamais faire le tour d'une église de droite à gauche, cela porte malheur. " Il avait bien besoin que la chance fût avec Charles et avec lui. L'ironie de la situation était que de quelque façon que tournent les choses, l'un d'eux serait perdant.

Il s'aperçut qu'une cérémonie se déroulait à l'intérieur de l'église. Il se tint un moment immobile, écoutant.

« Si, selon les habitudes des hommes, j'ai combattu des bêtes à Ephèse, quel avantage en tirerai-je si les morts ne se relèvent pas? » C'étaient des funérailles. Le service devait être à peu près au milieu de sa célébration. La porte fit un petit bruit sec quand il la referma. Une fois dehors, il vit les voitures funéraires. Il y en avait trois de l'autre côté de la grille. Il alla revoir la tombe de John Grave et passa devant l'emplacement d'une nouvelle tombe, puis il s'assit un moment sur un banc en bois à l'ombre. Il était onze heures quarante. Dans une demi-heure, il devrait aller attendre l'autobus. La chaleur, une fatigue soudaine l'accablèrent. Il se mit à sommeiller...

Des bruits de pas le réveillèrent. Il ouvrit les yeux et vit que le cercueil était sorti de l'église, porté par quatre hommes. Une dizaine de personnes suivaient. La procession était conduite par un homme et une femme. Celle-ci portait un manteau noir et un grand chapeau qui dissimulait son visage, mais Archery l'aurait reconnue n'importe où. Elle ne pouvait se douter qu'il était là et les regardait suivre l'enterrement d'Alice Flower.

De loin, il assista à la fin de la cérémonie. Le cercueil fut descendu. Le vicaire prononça quelques paroles. Roger Primero se baissa pour ramasser une poignée de terre qu'il jeta dans la tombe. Ensuite, il s'entretint un moment avec le vicaire avant de prendre le bras de sa femme pour retourner à la voiture. Tout était terminé.

Quand il n'y eut plus personne, Archery se leva et s'approcha de la tombe. Une carte était épinglée sur l'une des gerbes de fleurs :

De Mr. & Mrs. Roger, affectueusement.

Il était midi et quart. Archery se hâta vers la sortie en se demandant quelle était la fréquence des autobus. Comme il sortait, il aperçut Charles qui venait au devant de lui.

— Tu as bien fait de ne pas venir, lui dit-il, le musée était fermé pour travaux. Nous avons pensé que nous avions le temps de revenir te chercher.

— Où est la voiture?

— De l'autre côté de la place.

Dès qu'ils débouchèrent sur la place, il vit les Primero qui s'entretenaient avec d'autres personnes. Sa gorge se serra.

— Coupons par la pelouse, dit-il vivement.

— Mais non, Mr. Kershaw est par là.

Primero se retourna, et son regard croisa celui de Charles. Il devint pâle, puis très rouge. Charles continua à avancer dans sa direction, et Primero marcha vers lui d'un air menaçant. Assez ridiculement, ils avaient l'air de deux tueurs d'un western.

— Mr. Bowman, du *Sunday Planet,* je crois?

— Croyez ce que vous voulez.

Elle parlait à une femme assise dans une des voitures et leva la tête quand le véhicule démarra. Ils étaient seuls tous les quatre au centre du cinquième plus joli village d'Angleterre. Elle regarda d'abord Archery, puis elle s'écria avec une chaleur qui cachait mal son embarras :

— Oh! bonjour, je...

Primero s'interposa :

— Imogen, ma chère, reconnais-tu cet individu? Je vais avoir besoin de ton témoignage.

— Quoi! s'écria Charles;

— Allez-vous nier vous être introduit chez moi sous une fausse identité?

— Roger! ne te souviens-tu pas avoir rencontré Mr. Archery au bal? Voici son fils. Il est journaliste et utilise un pseudonyme, voilà tout le mystère. Ils sont ici en vacances.

Charles répliqua avec raideur :

— Je crains que ce ne soit pas l'exacte vérité, Mrs. Primero. Mon père et moi sommes venus ici dans le but précis de récolter des renseignements. C'est ce que nous avons fait. Pour cela, nous avons dû utiliser certains procédés afin de gagner votre confiance. Peut-être n'avons-nous pas été très délicats sur le choix de ces procédés, mais la fin justifie les moyens.

— Je ne comprends pas, dit-elle en dévisageant Archery.

Il savait que son visage reflétait ses remords et ses excuses, mais il n'y avait aucune raison pour qu'elle retint rien d'autre que sa culpabilité.

— Je ne vois vraiment pas de quoi vous voulez parler...

Primero coupa :

— Puisque vous êtes si franc, vous ne verrez sans doute aucune objection à nous accompagner jusqu'au poste de police pour exposer la nature de ces renseignements devant l'Inspecteur-chef Wexford.

— Pas du tout, dit Charles, sauf qu'il est l'heure de déjeuner, mais, de toute façon, j'ai rendez-vous avec l'Inspecteur-chef à quatorze heures. J'ai l'intention de lui exposer, Mr. Primero, de quelle façon opportune votre grand-mère est morte, ce qui vous a permis, le plus légalement du monde, de dépouiller vos sœurs de leur héritage. Par la même occasion, je lui dirai comment vous vous êtes caché à *La Parcelle de Victor,* un certain dimanche soir de septembre, il y a seize ans.

— Vous êtes complètement fou! cria Primero.

Archery retrouva sa voix :

— Cela suffit, Charles!

— Ce n'est pas vrai, dis-lui que ce n'est pas vrai, s'écria Imogen.

— Je ne vais pas discuter plus longtemps dans la rue avec cet escroc!

— Osez dire que ce n'est pas vrai!

— Tout a été loyalement exposé, dit Primero. Après tout, ce n'est pas moi qui ai fait les lois. En quoi cela vous regarde-t-il? Qui êtes-vous?

Sans quitter Archery des yeux, elle prit le bras de son mari. Sa robe noire la vieillissait et parce qu'elle était moins jolie, elle fut soudain plus proche d'Archery et pourtant, elle n'avait jamais été aussi loin de lui.

— Rentrons, Roger. — D'une voix tremblante, elle ajouta : — Dans le cours de votre enquête, Mr. Archery, j'espère que vous avez réussi à mêler le plaisir aux affaires.

Quand ils furent partis, Charles s'exclama :

— Je dois dire que la situation ne manque pas de piquant. Je suppose que par plaisir, elle entend le repas qu'elle m'a offert. Je reconnais qu'elle a du cran. Ne fais pas cette tête, Père, c'est terriblement bourgeois d'éprouver une telle phobie des scènes en public.

CHAPITRE XIII

Journal officiel. Loi promulguée en 1950.
Wexford prit le journal.

— Est-ce un extrait du Livre Blanc?

Archery dut confesser qu'il l'ignorait.

— Que désirez-vous me montrer?

Charles feuilleta et trouva la page.

Wexford se mit à lire. Le silence qui régnait dans la pièce devenait angoissant. Archery regarda discrètement les autres. Charles, qui était plein d'impatience, Kershaw, qui essayait d'avoir l'air dégagé, mais dont le regard trahissait l'anxiété, et Tess, qui était comme toujours calme et sereine. Etait-ce à sa mère à qui elle faisait pleine et entière confiance, ou à Charles?

Une bonne partie de l'assurance de Charles l'avait abandonné quand, en entrant dans le bureau cinq minutes plus tôt, il avait présenté Tess au policier.

— Miss Kershaw, ma... la jeune fille que je vais épouser.

— Ah oui, avait dit Wexford, bonjour, Miss Kershaw. Voulez-vous vous asseoir. La chaleur arrive à son terme, je crois.

En vérité, un changement s'était opéré dès après le déjeuner par l'apparition de nuages, suivis d'un vent violent.

— Très intéressant, dit Wexford, et tout à fait nouveau pour moi. J'ignorais que les sœurs Primero étaient des enfants adoptés. Pratique pour Primero.

— *Pratique?* s'étonna Charles, est-ce tout ce que vous trouvez à dire?

— Non.

Peu de gens ont le pouvoir de répondre « oui » ou

« non » à une question. Wexford était grand et massif. Son costume avait connu de meilleurs jours, mais son calme et sa force étaient impressionnants.

— Avant que nous allions plus loin sur ce terrain, Mr. Archery, dit-il à Charles, j'aimerais vous dire que j'ai reçu une plainte de Mr. Primero à votre sujet.

— Oh ça!

— Oui, ça. Je sais que depuis quelques jours, vous et votre père avez fait la connaissance des Primero. Ce n'était pas une mauvaise idée, et ce n'était certainement pas déplaisant, de faire des travaux d'approche par le biais de Mrs. Primero. Cependant, permettez-moi de vous donner un conseil amical : prenez des contacts, mais ne causez pas d'ennuis. Votre petit exploit de vendredi dernier pourrait bien vous en attirer.

— Très bien, je m'excuse de ce subterfuge, dit Charles qui ajouta pour se justifier aux yeux de Tess : ne me dites pas qu'il ne vous arrive pas, à vous ou à vos hommes, d'inventer une histoire pour découvrir ce que vous cherchez.

— Moi et mes hommes avons la loi de notre côté. Nous représentons la loi. Et maintenant, dites-moi exactement ce que vous et votre père avez découvert.

Charles le lui exposa. Wexford écouta avec patience, mais au fur et à mesure que les preuves s'accumulaient à l'encontre de Primero, son visage se fermait, ses traits lourds devenaient brutaux comme ceux d'un vieux taureau.

— Naturellement, vous allez me dire qu'il avait un alibi, dit Charles. Vos hommes ont dû le contrôler et après toutes ces années, il sera difficile de prouver qu'il était faux, néanmoins...

— Son alibi n'a pas été contrôlé, dit Wexford.

— Que dites-vous?

— Son alibi n'a pas été contrôlé.

— Je ne comprends pas.

— Mr. Archery, dit Wexford en se levant et en posant sa grosse main sur son bureau, je serai heureux de discuter de cette affaire avec vous et de répondre à toutes les questions que vous pourrez avoir à me poser... mais pas en présence de Miss Kershaw. Je me permets de vous dire que vous avez été mal inspiré en l'amenant ici.

Ce fut au tour de Charles de bondir de son siège.

— Miss Kershaw va devenir ma femme, dit-il avec chaleur, tout ce que vous avez à me dire peut être dit devant elle. Je n'ai rien à lui cacher.

Wexford se rassit. Il prit une liasse de papiers sur son bureau et se mit à les étudier, puis il leva lentement les yeux et dit :

— Je regrette que cet entretien ait été aussi infructueux pour vous. Avec un peu de coopération, j'aurais pu vous éviter beaucoup de démarches inutiles. Je suis un homme très occupé, aussi, je vous prie de m'excuser...

— Non, dit Tess, je m'en vais. J'attendrai dans la voiture.

— Tess!

— Mais si, mon chéri. Ne le vois-tu pas, l'Inspecteur-chef ne parlera pas de mon père devant moi. Sois raisonnable.

Charles n'était pas raisonnable, songea Archery avec désespoir, Wexford savait quelque chose — quelque chose qui serait terrible. Mais pourquoi jouait-il ce jeu cruel du chat et de la souris? Pourquoi l'avait-il joué si longtemps avec lui? Cette force, cette confiance en soi, ne recouvraient-elles pas une sorte de vanité? Craignait-il que les Archery ne viennent secouer son autorité, troubler les eaux tranquilles de son district? Cependant, l'homme était certainement loyal. Il ne mentirait pas pour cacher une faute. " Son alibi n'a pas été contrôlé "

— Inutile de quitter ce bâtiment, Miss Kershaw, dit Wexford, si votre... votre père veut bien vous accompagner à l'étage au-dessus vous trouverez une cantine acceptable, même pour une dame. Je vous suggère une tasse de thé fort et une tranche de cake.

— Merci.

Tess regarda Kershaw qui se leva aussitôt. Wexford referma la porte sur eux. Charles prit une profonde aspiration en s'efforçant de paraître à son aise.

— Très bien, alors quel est ce fameux alibi qui, pour une raison mystérieuse n'a jamais été contrôlé?

— La raison n'est nullement mystérieuse, dit Wexford. Mrs. Primero a été assassinée entre 18 h 20 et dix-neuf heures, le dimanche 24 septembre 1950. Elle a été tuée à Kingsmarkham et à dix-huit heures trente Roger Primero a été vu à Sewingbury à cinq miles de là.

— Oh! il a été vu, ironisa Charles, qu'en penses-tu, Père? Ne te semble-t-il pas possible qu'il ait pu arranger à l'avance le témoignage de ces gens complaisants qui l'auraient vu précisément à l'heure cruciale?

— Des gens complaisants, répéta Wexford sans se soucier de cacher son amusement.

— Quelqu'un l'a vu. Très bien. Qui était-ce?

Wexford soupira.

— C'est moi qui l'ai vu.

C'était un coup bas. L'amour d'Archery pour son fils, en sommeil depuis quelques jours, se réveilla soudain. Charles ne dit rien et Archery s'efforça de ne pas détester Wexford. Il avait pris son temps pour arriver au fait, mais c'était là sa revanche.

Les coudes posés sur la table, il pressait ses doigts les uns contre les autres, calme et imposant. La loi incarnée. Si Wexford avait vu Primero ce soir-là, il n'y avait plus rien à dire, car il était incorruptible. C'était presque comme si Dieu lui-même l'avait vu. Horrifié, Archery s'efforça de se ressaisir.

— Vous? dit enfin Charles.

— Moi, avec mes petits yeux.

— Vous auriez pu nous le dire tout de suite.

— Je l'aurais fait si j'avais eu la moindre idée que vous pourriez soupçonner Primero. Aller le voir pour lui parler de sa grand-mère est une chose, vouloir lui faire endosser un meurtre en est une autre.

Poli maintenant, raide et très solennel, Charles demanda :

— Pourriez-vous nous donner les détails?

La courtoisie de Wexford égala la sienne :

— Volontiers; j'en avais l'intention. Tout d'abord, je tiens à préciser que je connaissais fort bien Mr. Primero pour l'avoir vu mainte fois au tribunal où il allait plaider et qu'il ne pouvait y avoir de ma part aucune confusion sur sa personne.

J'étais à Sewingbury en service. J'avais rendez-vous avec un homme qui nous fournissait parfois des renseignements. Nous devions nous retrouver à dix-huit heures dans un pub appelé *Le Cygne noir,* et je devais retourner à Kingsmarkham à dix-neuf heures. En sortant du bar, à dix-huit heures trente, je me suis heurté à Primero. « Bonsoir inspecteur », me dit-il. Il paraissait un peu perdu, ce que je compris mieux plus tard en apprenant qu'il avait lui-même rendez-vous avec des amis, mais qu'il s'était trompé d'établissement. Ceux-ci l'attendaient au *Taureau Noir.* « Etes-vous de service? » me demande-t-il, « ou puis-je vous offrir un verre? » « Merci » répondis-je « mais je suis déjà en retard. » Je n'étais pas à Kingsmarkham depuis plus de dix minutes quand je fus appelé à *La Parcelle de Victor.*

Charles se leva lentement et tendit la main d'un geste mécanique.

— Merci beaucoup, Inspecteur-chef, je pense qu'il n'y a rien à ajouter.

Wexford se leva à son tour pour lui serrer la main.

— Ne vous inquiétez pas, dit-il nous sommes dans un poste de police et non à une garden-party... - Il hésita et dit : — Je regrette aussi.

Archery comprit que cela n'avait rien à voir avec les mauvaises manières de Charles.

Tess et Charles se mirent à discuter avant même d'être retournés à la voiture. Persuadé qu'ils avaient déjà tout dit sur le sujet, Archery les écoutait d'une oreille distraite. Depuis une demi-heure il n'avait pas prononcé un mot et ne trouvait toujours rien à dire.

— Nous devons être réalistes, disait Charles, si je n'y vois pas d'inconvénient et mes parents non plus, pourquoi ne pourrions nous pas nous marier et oublier que tu as jamais eu un père?

— Qui a dit que tes parents n'y voyaient pas d'inconvénient? Ce n'est pas être réaliste que de nier une situation. De toute façon j'estime que j'ai eu beaucoup de Chance. — Elle eut un tendre sourire à l'adresse de Kershaw. — J'ai reçu en partage plus que personne ne l'aurait cru possible, mais dans l'état actuel des choses, il nous est impossible de nous marier, toi et moi.

— Qu'est-ce que cela veut dire? Que diras-tu aux autres garçons qui te courtiseront? Vas-tu faire la même comédie ou attendras-tu d'avoir trente ans pour avoir une vue plus saine de la situation?

Elle ne trouva rien à répliquer. Archery pensa que Charles avait oublié qu'ils n'étaient pas seuls. Après l'avoir poussé sur le siège arrière de la voiture, il monta et fit claquer la portière.

— J'aimerais savoir, poursuivit Charles, si tu entends prononcer des vœux de chasteté éternelle? Oh! Seigneur! On dirait le titre d'un mauvais feuilleton :

Condamnée au célibat par la faute de son père. Entre nous, juste pour mon édification personnelle, peux-tu me dire quelle qualification doit avoir l'heureux élu?

Tess était arrivée au bout de ce qu'elle pouvait supporter. Elle cria sur un ton hystérique :

— Il devra avoir un assassin pour père. Comme moi.

Charles frappa sur l'épaule de son père :

— Ne peux-tu nous rendre ce service?

— Oh! taisez-vous donc, dit Kershaw, laissez-la tranquille, s'il vous plaît, Charlie.

Archery ouvrit la portière :

— Je crois que je vais descendre. J'ai besoin de marcher.

— Moi aussi, dit Tess, j'ai mal à la tête. Je vais prendre un cachet d'aspirine.

— Je ne peux me garer ici.

— Nous allons rentrer à l'hôtel à pied, Papa, dit Tess, si je ne descends pas, je sens que je vais tourner de l'œil.

Quand ils furent tous les trois sur le trottoir, Charles montra un visage sombre. Tess tituba, et Archery dut lui prendre le bras.

— Tu as dit que tu voulais de l'aspirine, dit Charles. Il y a une pharmacie en face.

Archery les accompagna jusqu'à l'officine, ouvrit la porte et s'écarta pour laisser entrer Tess. A l'intérieur, il n'y avait qu'une cliente, Elizabeth Crilling, qui parlait avec la vendeuse. Archery eut un petit frémissement en prenant conscience de ce qui se passait : cette rencontre, seize ans après entre la fille de Painter et la fillette qui avait découvert le crime de Painter.

Tandis qu'il restait à l'écart, peu soucieux de faire des présentations, Tess alla au comptoir. Elles étaient si près l'une de l'autre qu'elles auraient pu se toucher.

Pendant que Tess attendait qu'on lui rendît la monnaie, le pharmacien sortit de l'arrière-boutique et demanda :
— Y a-t-il une Miss Crilling qui attend une ordonnance?

Tess se retourna, le visage soudain coloré, six heures et demie. s'approchait.

— Cette ordonnance ne peut-être renouvelée plus de deux fois; il vous en faut une autre. Si votre mère...

— La vache! murmura Liz Crilling.

Le visage de Tess se ferma comme si elle avait reçu un coup. Elle prit la monnaie que lui tendait la vendeuse et se hâta de sortir.

La vache! C'était sa faute. Tout ce qui vous était arrivé de mauvais était sa faute, à commencer par cette jolie robe rose.

Elle l'a faite pour vous et a travaillé à la machine à coudre toute la journée de ce dimanche pluvieux. Quand elle a été finie, Maman vous l'a mise et vous a coiffée avec un ruban dans les cheveux.

— *Je vais voir si je peux te conduire chez Granny Rose, dit Maman mais en revenant, elle explique que Granny Rose dort.*

— *Attends une demi-heure, dit Papa, elle se réveillera peut-être.*

Il est a moitié endormi lui-même, allongé dans son lit, si pâle et maigre sur ses oreillers. Aussi Maman reste-t-elle en haut avec lui pour lui faire la lecture parce qu'il est trop faible pour tenir un livre.

— *Reste au salon, Bébé, et fais attention de ne pas te salir.*

Vous obéissez, mais cela vous fait pleurer quand même. Naturellement, peu vous importe que Granny Rose ne voie pas votre robe, mais pendant qu'elle aurait bavardé avec Maman, vous auriez pu vous glis-

ser dans le couloir pour aller montrer votre jolie robe à Tessie.

Et pourquoi ne pas le faire? Pourquoi ne pas enfiler un manteau et traverser la route? Maman ne redescendra pas avant une demi-heure. Il vous faut vous presser car Tessie va toujours se coucher à dix-huit heures trente. Tante Irene est très stricte là-dessus.

Pourquoi, Oh! Pourquoi y êtes-vous allée?

Elizabeth Crilling sortit de la pharmacie et partit en direction de Grebe Road. La route était longue. Il fallait passer devant ces horribles petites maisons qui ressemblaient à des tombes dans un désert aride. Il ne vous resterait qu'une seule chose à faire quand vous arriveriez au bout de la route.

CHAPITRE XIV

Une lettre portant l'oblitération de Kendal attendait Archery quand il arriva à l'hôtel. Il regarda l'enveloppe sans comprendre, puis il se souvint. Le colonel Cosmo Plashet, le commandant de Painter.

— Et maintenant? demanda-t-il à Charles quand Tess fut montée se reposer.

— Je ne sais plus que faire. Ils retournent à Purley ce soir.

— Veux-tu que nous rentrions à Thringford ce soir?

— Je ne sais pas, Père, je te répète que je ne sais plus où j'en suis. — Avec un air malheureux, il ajouta : — Je devrais aller m'excuser auprès de Mr. Primero. Je me suis mal conduit à son égard.

— Je peux me charger de cela si tu préfères. Je leur téléphonerai.

— Merci. S'il insiste, j'irai le voir. Tu as parlé à sa femme, je crois.

— Oui, mais j'ignorais qui elle était.

— Ça te ressemble bien, dit Charles avec un petit sourire.

Allait-il vraiment lui téléphoner pour s'excuser et pourquoi avait-il la vanité de supposer qu'elle accepterait de venir au téléphone? « Dans le cours de votre enquête, Mr. Archery, j'espère que vous avez réussi à mêler les plaisirs aux affaires. » Peut-être avait-elle expliqué à son mari ce que cette phrase signifiait et comment ce clergyman d'un certain âge était soudain devenu sentimental comme un collégien. Il entendait déjà la réponse ironique de Primero : Est-ce que ce vieux bouc se serait permis de te faire la cour? et le rire argenté avec lequel elle répondait à cette suggestion.

Il entra dans le salon vide et ouvrit la lettre du colonel Plashet. Elle était écrite à la main sur un papier velin blanc aussi épais que du carton. Il lut :

Cher Mr. Archery.

Votre lettre m'a intéressé et je vais faire de mon mieux pour vous fournir les renseignements demandés sur le soldat Herbert, Arthur Painter. Vous savez peut-être que je n'ai pas été appelé à déposer au procès bien que je me fusse tenu prêt à le faire. Heureusement, j'ai conservé certaines notes que j'avais prises à l'époque.

Si vous avez l'impression que je détiens des informations favorables à Painter, vous allez être déçu. En décidant de ne pas faire appel à mon témoignage, son avocat a dû sentir que je ne pouvais rien déclarer qui pût servir la cause de son client et qu'en revanche, je n'aurais fait que faciliter la tâche de l'accusation.

Ainsi, c'était cela. La déclaration sans ambiguïté du

colonel Plashet donnait une image plus vivante que ne l'avait fait le rapport du tribunal de ce qu'avait été l'homme que Charles se préparait à accepter pour beau-père. Archery poursuivit sa lecture avec plus de curiosité que d'espoir.

Painter servait dans les forces de Sa Majesté depuis un an quand il fut affecté à mon régiment. C'était peu de temps avant notre embarquement pour la 14ᵉ Armée. Painter était un soldat indiscipliné. Nous n'entrâmes en action que trois mois après notre arrivée. Durant ce laps de temps, il fut plusieurs fois puni pour s'être énivré et avoir créé du désordre. Il fut, en outre, condamné à sept jours de prison pour grossièreté envers un officier.

Toutefois, dans l'action son comportement s'améliora considérablement. C'était un homme naturellement belliqueux, courageux et agressif. Peu après, un incident se produisit dans le village où nous étions cantonnés. Une jeune Birmane avait été tuée. Painter fut traduit devant une cour martiale pour meurtre. Comme il fut acquitté faute de preuve, je ne m'étendrai pas sur ce sujet.

En février 1945, six mois avant la fin des hostilités, Painter fut atteint d'une maladie tropicale qui se manifesta par une sévère ulcération des jambes, accélérée par sa complète négligence des règles d'hygiène les plus élémentaires et son refus de suivre un régime approprié. Gravement atteint, il fut transporté jusqu'à Calcutta où un bateau sanitaire le ramena en Angleterre fin mars 1945. J'appris sa démobilisation dès qu'il fut rétabli.

Si vous avez d'autres questions à me poser concernant le temps de service de Painter, vous pouvez compter sur ma bonne volonté pour vous répondre avec la plus grande franchise. Vous avez mon entière autorisation pour faire usage de cette lettre. Je vous demande-

rai seulement de bien vouloir m'adresser un exemplaire dédicacé de votre livre quand il sortira.
Sincèrement vôtre.
Cosmo Plashet

Décidément, tout le monde croyait qu'il écrivait un livre. Archery s'amusa du style grandiloquent du colonel, bien que le paragraphe sur la mort de la jeune Birmane ne prêtât pas à sourire.

Il n'y avait là rien de nouveau, rien d'essentiel. Alors, pourquoi avait-il l'impression d'avoir négligé quelque chose d'important?

... Soudain, alors qu'il se débattait au milieu de sa perplexité il fut envahi par un sentiment contradictoire. Il avait peur d'affronter Imogen et cependant, il avait besoin d'entendre sa voix.

En levant la tête, il fut surpris par la demi-obscurité. Le ciel s'était couvert de gros nuages noirs et tandis qu'Archery replaçait la lettre dans son enveloppe, un éclair illumina la pièce, bientôt suivi par le grondement du tonnerre. Il monta dans sa chambre.

Elle pouvait refuser de lui parler. Elle n'aurait même pas à le faire directement et en chargerait le valet de chambre italien.

— Forby Hall, Résidence de Mr. Primero.

C'était le valet de chambre. Son accent déformait tous les mots sauf le nom auquel il donnait sa véritable consonnance italienne.

— Je désire parler à Mrs. Primero.
— De la part de qui?
— Henry Archery.

Il entendit résonner des pas dans le vaste hall décrit par Charles. Le téléphone craqua, peut-être à cause de l'orage.

— Allô?

La gorge sèche, il essaya vainement de proférer un

son. Pourquoi n'avait-il rien préparé? Parce qu'il était persuadé qu'elle refuserait de répondre.

— Allô? Etes-vous là?

— Mrs. Primero...

— Je pensais que vous étiez fatigué d'attendre. Mario a été si long à s'expliquer.

La pluie s'était mise à tomber avec une telle violence contre les vitres qu'il dut élever la voix :

— Naturellement j'ai attendu. Je voulais m'excuser pour ce matin. Vraiment, c'était impardonnable.

— Oh! non, je vous ai pardonné... pour ce matin. Vous n'y êtes pour rien, n'est-ce pas? C'est ce qui s'est passé l'autre jour qui me paraît si... non pas impardonnable, mais incompréhensible. Personne n'aime servir de jouet. Je ne suis pas blessée, car, en réalité, je suis très dure, beaucoup plus dure que Roger, mais j'ai toujours été gâtée et j'ai l'impression d'avoir été jetée en bas de mon piédestal. Au fond, ce n'est peut-être pas mauvais pour ma vanité.

— Il y a tant de choses à expliquer. Je croyais pouvoir le faire par téléphone, mais je n'y arrive pas... Ne pourrais-je vous voir? ajouta-t-il, oubliant toutes ses promesses.

Elle aussi, apparemment.

— Vous ne pouvez venir ici. Roger est à la maison et il ne verrait pas vos excuses de la même manière que moi. Je ne peux pas davantage aller chez Olive... attendez, j'ai une idée : pourquoi ne pas nous retrouver à *La Parcelle de Victor?*

— C'est fermé et il pleut.

— J'ai une clé. Roger en a gardé une. Disons à huit heures.

Il raccrocha avec un sentiment de culpabilité. Au même moment, Charles passa la tête par l'ouverture de la porte.

— Je pense avoir arrangé les choses avec les Primero, déclara-t-il en songeant avec quelque confusion que Dieu avait donné la parole aux hommes pour mieux cacher leurs pensées.

— Tess et son père s'en vont, dit Charles qui avait cessé depuis longtemps de s'intéresser aux Primero.

— Je descends.

Ils attendaient dans le hall. Quoi? La fin de l'orage? Un miracle? Ou simplement, le moment de faire leurs adieux?

— J'aurais préféré ne pas voir Elizabeth Crilling, dit Tess, et cependant, je regrette de ne pas lui avoir parlé.

— Cela a mieux valu, répondit Archery. Vous vivez dans des mondes différents. La seule chose que vous ayez en commun est votre âge. Vous avez toutes les deux vingt et un ans.

— Ne me vieillissez pas, dit Tess, je n'aurai vingt et un ans qu'en octobre.

Elle prit sa valise et tendit la main à Archery.

— Nous devons nous quitter, dit Kershaw. Il ne reste rien à dire. Je sais que vous espériez que les choses s'arrangeraient, mais il ne devait pas en être ainsi.

Charles fixait Tess qui évitait son regard.

— Pour l'amour du ciel, dis-moi que je peux t'écrire.

— A quoi bon?

— Cela me fera plaisir.

— Je ne serai pas à la maison. Je pars après-demain chez ma tante à Torquay.

— Tu ne vas pas camper sur la plage. Je suppose que cette tante a bien une adresse.

— Je n'ai rien pour écrire, dit Tess, et Archery vit qu'elle était au bord des larmes.

Il fouilla dans sa poche et en sortit d'abord la lettre du colonel Plashet. Non, il ne fallait pas que Tess la vît, puis il trouva la carte enluminée avec les vers et l'image du berger. Elle griffonna rapidement l'adresse

au dos de la carte qu'elle tendait à Charles sans dire un mot.
— Viens, chérie, rentrons à la maison, dit Kershaw.

Il pleuvait si fort qu'il dut courir de la voiture jusqu'au porche, et même là, les rafales de vent rabattirent la pluie sur lui. Il s'appuya contre la porte et manqua de tomber lorsque son poids la fit s'ouvrir avec fracas.

Elle devait être déjà là. Sa voiture n'était pas en vue, mais il éprouva un petit choc en se disant qu'elle avait dû se montrer discrète. Elle était bien connue dans la région. Elle était mariée et elle avait un rendez-vous clandestin avec un homme marié. Alors, il avait fallu cacher la Flavia trop voyante. Tout cela était bien sordide.

Déjà peu accueillante par temps sec et chaud, *La Parcelle de Victor* ne l'était pas davantage sous la pluie. Il régnait dans la maison une odeur de moisi et de choses mortes. Il y avait probablement des rats sous les parquets disjoints. Il referma la porte et fit quelques pas dans le couloir en se demandant pourquoi elle n'était pas venue en entendant du bruit. Puis il s'arrêta car il était devant la porte où la blouse de Painter avait été suspendue. Il y avait un vieil imperméable. Il n'y était pas lors de sa première visite. Fasciné, il s'approcha.

Naturellement, l'explication était simple. Quelqu'un avait acheté la propriété. Des ouvriers étaient venus, et l'un d'eux avait laissé son imperméable. Il n'y avait pas là de quoi s'alarmer.

— Mrs. Primero, appela-t-il, puis il cria plus fort : Imogen...

Il n'y eut pas de réponse, et pourtant il avait la conviction intime de n'être pas seul dans cette maison. Il ouvrit la porte de la salle à manger, puis celle du salon. Une odeur d'humidité flottait dans la pièce. De l'eau avait coulé sous la fenêtre et formait une mare sombre, hideusement évocatrice. Qui avait pu acheter une maison pareille? Cependant, quelqu'un avait bien dû le faire puisqu'il y avait ce vêtement pendu derrière la porte.

C'était là que la vieille femme était assise quand elle avait envoyé Alice à l'église. Elle s'était endormie et n'avait pas entendu Mrs. Crilling gratter contre la vitre. Plus tard, l'homme était venu avec sa hache, dormait-elle encore...

Archery sursauta en entendant des pas, et son cœur battit si fort qu'il porta ses deux mains à sa poitrine en se forçant à se retourner.

— Je m'excuse d'être en retard, dit Imogen Ide, quelle nuit affreuse.

Elle devait être à l'intérieur, se dit-il, mais non, elle était dehors et avait frappé à la porte en le voyant debout, errant comme une âme en peine. Elle n'avait pas caché sa voiture qui était rangée près de la sienne. Cela changeait l'aspect des choses.

— Comment êtes-vous entré? demanda-t-elle.
— La porte était ouverte.
— Un ouvrier a dû oublier de la refermer.
— Je le suppose.

Elle portait un costume en tweed, et ses cheveux clairs étaient mouillés. Il avait été assez fou pour imaginer qu'elle allait courir pour se jeter dans ses bras. Au lieu de cela, elle le regardait avec gravité, presque avec froideur.

— Allons dans le petit salon, dit-elle, il est meublé et au moins il n'y aura pas de pénibles associations d'idées.

Les meubles consistaient en deux tabourets de cuisine, une chaise et une table bancale. Par la fenêtre, il apercevait la serre contre les vitres de laquelle les vrilles de la vigne morte étaient toujours accrochées.

Il lui laissa la chaise et s'assit sur un tabouret. Il avait l'étrange impression — qui n'était pas sans charme — d'être venu ici avec elle pour acheter la maison.

— Vous vouliez m'expliquer...

La froideur de sa voix le ramena sur terre. Leur avenir, c'était cette pièce humide donnant sur une vigne morte.

Il se mit à lui parler de Charles et de Tess, du problème qui se posait à eux, de la conviction de Mrs. Kershaw. Le visage d'Imogen se durcit encore quand il en vint à la question d'héritage et avant qu'il eut terminé, elle demanda :

— Vouliez-vous faire accuser Roger de meurtre?

— Que pouvais-je faire? J'étais déchiré entre Charles et vous. Je vous supplie de croire que je n'ai pas essayé de vous rencontrer parce que vous étiez sa femme.

— Je vous crois.

— L'argent... ses sœurs... l'ignoriez-vous?

— Je ne savais rien. Seulement qu'elles existaient et qu'il ne les voyait jamais. Oh! Seigneur! dit-elle en portant la main à son front, nous en avons parlé toute la journée. Il ne comprend pas qu'il avait l'obligation morale de les aider. Une seule chose compte pour lui : que Wexford ne prenne pas la chose au sérieux.

— L'inspecteur l'a rencontré à Sewingbury le soir de l'assassinat à l'heure cruciale.

— Il ne le sait pas ou il l'a oublié. Il va lui falloir du courage pour oser appeler Wexford. On peut penser que ce sera sa punition. — Elle soupira : — Ses sœurs sont-elles dans une situation difficile?

— L'une d'elles surtout. Elle habite dans une seule pièce avec son mari et leur enfant.

— J'ai réussi à convaincre Roger de leur donner ce qu'elles auraient dû recevoir : trois mille livres chacune. Je m'en occuperai moi-même. Il ne s'en apercevra même pas. C'est curieux, voyez-vous, je savais qu'il n'avait pas de scrupules. On n'arrive pas à amasser une telle fortune, sans être ainsi, mais j'ignorais qu'il était capable d'aller aussi loin que cela.

— Est-ce que ça ne va pas...

Il hésita, se demandant ce qu'il avait détruit.

— Changer mes sentiments pour lui? Oh! mon cher, vous êtes drôle! Je vais vous confier quelque chose. Il y a sept ans, au moins de juin, mon visage ornait la couverture de six ou sept magazines. Quand on arrive à un sommet, il ne reste plus rien que le déclin. Le mois de juin de l'année suivante, je n'apparaissais plus que sur la couverture d'un seul magazine. Alors, j'ai épousé Roger.

— Ne l'aimiez-vous pas?

— Je l'aime bien. D'une certaine façon, il m'a sauvée, et depuis je le sauve de lui-même.

Archery admira la tranquille assurance dont elle faisait preuve. Il attendait tout de son calme et de sa sérénité, aussi fut-il choqué quand elle s'écria avec véhémence :

— Comment pouvais-je me douter qu'un cher clergyman d'un certain âge m'attendait quelque part? Un clergyman avec une femme, un fils et un complexe de culpabilité aussi haut qu'une montagne!

— Imogen!

— Non, ne me touchez pas. J'ai été stupide de venir ici. Oh! mon Dieu, comme je déteste ces scènes sentimentales!

Il se leva et recula jusqu'au fond de la pièce. La pluie avait cessé, mais le ciel restait sombre.

— Que vont-ils faire maintenant, demanda-t-elle, votre fils et cette jeune fille?

— Je ne crois pas qu'ils le sachent eux-mêmes.

— Et vous, qu'allez-vous faire?

— Retourner au sein de ma famille d'où je n'aurais jamais dû m'éloigner, cita-t-il.

— Kipling, fit-elle avec un petit rire sans joie, et il fut étonné par des profondeurs de pensées qu'il découvrait trop tard. Kipling, répéta-t-elle, c'est tout ce que je mérite.

— Au revoir, Imogen Ide, Dieu vous garde.

— Au revoir, cher Henry Archery. Je n'ai jamais su comment vous appeler, fit-elle en lui prenant la main.

— Ce n'est peut-être pas un nom qui se prête aux effusions sentimentales.

— Mais il sonne bien avec Révérend devant.

Elle sortit en refermant doucement la porte derrière elle.

Il regarda longtemps devant lui sans bouger.

Finalement, il retourna dans le couloir et se demanda pourquoi la maison semblait tellement plus vide et sans vie qu'auparavant. Il se retourna et comprit : ce n'était pas l'effet de son imagination l'imperméable avait disparu.

Avait-il jamais été là? Ou bien sa sensibilité morbide créait-elle des hallucinations? C'était une vision qui pouvait venir naturellement à quelqu'un mêlé à l'histoire de Painter. Mais si l'imperméable n'avait jamais été là, à quoi attribuer ces gouttes d'eau sur le sol?

La porte était vitrée. En s'approchant, il vit que l'un des carreaux près de la poignée, manquait. Il avait été facile de passer la main par cette ouverture et de tourner la clé.

Il sortit dans la cour. En face de lui, le jardin était enveloppé de brume. Les arbres, les buissons ployaient sous le poids de l'eau.

Songeant toujours à Imogen, il décida de lui accorder encore cinq minutes avant de retourner lui-même en ville. Machinalement, il se baissa pour ramasser un morceau de vitre brisée.

Décidément, ses nerfs lui jouaient des tours. Pourtant, c'étaient bien des pas qu'il entendait. Elle revenait! Non, il ne fallait pas. Il ne pourrait le supporter. Affolé, perdant la tête, il serra la main sur le verre. Il vit couler le sang avant de ressentir la douleur. Il regarda stupidement sa main avant de se retourner vers le claquement de ces hauts talons. Le cri le frappa au visage :

— Oncle Bert! Oncle Bert! Oh! mon Dieu!

Sa main était pleine de sang, mais il tendit la main blessée et l'autre pour rattraper Elizabeth Crilling qui tombait.

— Il faudrait recoudre la plaie, dit-elle, vous risquez d'avoir le tétanos, et vous aurez une affreuse cicatrice.

Il serra son mouchoir plus fort sur la blessure et s'assit sur une marche en la regardant. Elle avait repris connaissance tout de suite, mais son visage était encore tout pâle. Un coup de vent secoua les branches d'arbres faisant tomber sur eux des gouttes de pluie.

— Que faites-vous ici?

Elle était assise sur la chaise qu'il avait été chercher au petit salon. Elle avait les jambes tendues devant elle. Il remarqua qu'elles étaient maigres et que le bas plissait sur les chevilles.

— Je me suis disputée avec ma mère, répondit-elle.

Il garda le silence. Pendant un moment, elle resta immobile, puis elle se redressa avec brusquerie, encerclant ses genoux de ses bras.

— Oh! Seigneur, quelle peur vous m'avez faite quand je vous ai vu avec du sang sur vous et que vous avez dit, comme lui : je me suis coupé.

Un grand frisson la secoua. D'un geste saccadé, elle fouilla dans son sac, sortit une cigarette. Elle lui tendit une boîte d'allumettes en disant :

— Donnez-moi du feu.

La flamme vacilla dans l'air humide.

— Pourquoi fouinez-vous toujours partout? demanda-t-elle après avoir tiré une bouffée. Je ne sais pas ce que vous comptez trouver ici, mais laissez-moi vous dire une bonne chose...

Fasciné, il la dévisageait tandis qu'elle reprenait avec impatience :

— Vous êtes allé raconter des histoires à la police alors que vous ne savez rien.

Brusquement, elle se leva et, sous l'œil horrifié d'Archery, elle retroussa sa jupe pour montrer sa cuisse nue au-dessus de son bas. La peau blanche était couverte de traces de piqûres.

— Des tablettes pour l'asthme, voilà ce que j'en fais. Il suffit de les faire dissoudre dans de l'eau, et ce n'est pas un petit travail. Ensuite, il ne reste plus qu'à remplir la seringue.

Archery ne pensait pas qu'il put être facilement scandalisé, mais il l'était maintenant. Il se sentit rougir. L'embarras lui avait coupé la parole, mais il ressentit une pitié infinie pour cette malheureuse fille, et une confuse indignation envers l'humanité toute entière.

— Cela a-t-il un effet quelconque? demanda-t-il aussi calmement qu'il le put.

— Ça donne une sorte d'exaltation. A peu près ce que vous ressentez en chantant des psaumes, ricana-t-elle. C'est cet homme avec qui je vivais qui m'a appris comment utiliser la drogue. J'avais trouvé un bon filon pour m'en procurer jusqu'à ce que vous m'ayez envoyé ce salopard de Burden qui a fait peur à ma mère. Maintenant, il lui faut une nouvelle ordonnance chaque fois, et elle doit aller à la pharmacie elle-même.

— Je vois, dit-il.

Ainsi c'était là ce que Mrs. Crilling avait voulu dire. En prison, il n'y aurait plus de tablettes, plus de seringue. Comme Elizabeth était intoxiquée, elle serait obligée d'avouer...

— Je ne crois pas que la police puisse vous poursuivre, déclara-t-il bien qu'il ignorât tout de la question.

— Qu'en savez-vous? Heureusement, il me reste vingt tablettes que j'ai cachées dans une bouteille. Alors je suis venue ici. Je me suis installée un lit en haut et...

— Etait-ce votre imperméable?

— Bien sûr. Qu'avez-vous imaginé? J'étais allée chercher quelque chose dans ma voiture et quand je suis revenue, vous étiez avec cette traînée.

Il gardait les yeux fixés sur elle. Pour la première fois de sa vie, il eut envie de gifler quelqu'un.

— Je n'osais pas entrer, mais j'ai bien été obligée de revenir, les tablettes étaient en haut.

Elle tira une dernière bouffée et jeta la cigarette dans les buissons mouillés.

— Que diable faisiez-vous ici? Vous vouliez revenir sur la scène du crime en essayant de vous mettre dans sa peau...

— Quelle peau?

— Celle de Painter, naturellement. Bert Painter, Mon oncle Bert.

Elle le défiait ouvertement, mais ses mains tremblaient, et ses yeux brillaient étrangement. Archery était comme un homme qui attend de mauvaises nouvelles, qui sait qu'elles sont inévitables mais qui espère malgré tout...

— Cette nuit-là, dit-elle, il se tenait au même endroit que vous. Seulement, il serrait un morceau de bois dans sa main et il y avait du sang dessus et sur lui : « Je me suis coupé », a-t-il dit. « Ne regarde pas, Lizzie, je me suis coupé. »

CHAPITRE XV

Quand elle se mit à parler à la deuxième personne, Archery comprit qu'il écoutait ce que personne, parent, police ou psychiatre, n'avait entendu et il s'émerveilla. L'utilisation du pronom lui permettait de voir ce qu'elle décrivait avec ses yeux d'enfant encore tout remplis de terreur.

Elle était assise à l'endroit même où tout avait commencé pour elle. Les mots sortaient de ses lèvres comme des incantations. Bien qu'il n'eût jamais assisté à des séances de spiritisme, Archery eut l'impression de voir un médium. Elle arrivait à la fin de son récit et une expression de soulagement se peignit sur son visage.

« *Vous mettez votre manteau. Votre plus beau manteau parce que vous portez votre plus jolie robe et vous traversez la route en courant pour vous glisser derrière la serre. Personne ne peut vous voir et pourtant vous entendez la porte de service se refermer et en tournant, vous apercevez oncle Bert qui sort de la maison.*

— Oncle Bert, Oncle Bert, j'ai ma jolie robe, puis-je la montrer à Tessie?

Mais vous avez peur, plus peur que vous n'avez jamais eu de toute votre vie parce que oncle Bert respire fort et tousse comme le fait papa quand il a une de ses crises. Puis il se retourne et vous voyez qu'il est tout rouge.

— Je me suis coupé, vous dit-il, ne regarde pas Lizzie.

— Je veux voir Tessie.

— Ne va pas là-bas.

— Ne me touchez pas, j'ai ma jolie robe, je vais le dire à Maman!

Il se tient debout devant vous avec un visage effrayant que vous ne reconnaissez pas. Son visage est barbouillé de rouge. Il se penche vers vous et il crie :

— *Si tu dis un mot, Lizzie Crilling, sale petite snob, sais-tu ce que je te ferai? Où que tu sois, je reviendrai, ma belle, et je te ferai ce que j'ai fait à cette vieille toquée!*

C'était terminé. Il voyait qu'elle n'était plus en transe et se redressait en poussant une sorte de gémissement.

— Mais vous êtes revenue, vous êtes revenue avec votre mère.

— Ma mère!

Des larmes ne l'auraient pas surprise, mais ce rire amer, violent l'étonna. Elle s'arrêta brusquement en disant :

— Je n'avais que cinq ans! Je ne compris pas ce qu'il voulait dire. Du moins, sur le moment. J'étais beaucoup plus effrayée par l'idée qu'elle saurait que j'avais désobéi.

Il remarqua l'utilisation du pronom personnel et eut l'intuition qu'elle ne dirait plus " ma mère ".

— Voyez-vous, je ne savais pas que c'était du sang. Je croyais qu'il s'agissait de peinture. Un peu plus tard, nous revînmes. Je n'avais pas peur de la maison. Je pensais qu'en parlant de " cette vieille toquée ", il avait fait allusion à sa femme, Mrs. Painter. Un jour, je l'avais surprise à la battre. Puis, j'ai trouvé le corps. Seigneur! Ce fut terrible. Savez-vous ce que j'ai cru tout d'abord? Je me suis dit qu'elle avait explosé!

— Oh! non!

— Si vous ne pouvez en supporter l'idée maintenant, imaginez ce que cela fut pour moi. J'avais cinq ans, entendez-vous : CINQ ANS! On me coucha, et je fus malade pendant des semaines. Naturellement, Painter avait été arrêté, mais je l'ignorais. On ne raconte pas ces choses-là aux enfants. Je savais seulement confusément que Granny Rose avait explosé, que c'était la faute d'Oncle Bert et qu'il avait juré qu'il m'arriverait la même chose.

— Mais par la suite, n'avez-vous parlé à personne?

En réponse à sa question, il vit qu'elle se remettait en transe et que le spectre de Painter se dressait à nouveau devant elle :

— *Il vous retrouvera, gémit-elle, il vous retrouvera où que vous alliez. Vous voulez lui parler, mais elle ne veut pas vous entendre. « N'y pense plus, Bébé, » mais vous ne pouvez oublier.*

Elle poussa un profond soupir et ses traits se détendirent.

— Miss Crilling, laissez-moi vous raccompagner à la maison.

Elle se leva et marcha d'un pas mécanique, comme un robot. Lorsque sa main toucha les briques, elle s'arrêta et dit, en s'adressant moins à lui qu'à la maison elle-même :

— Mais je ne peux oublier. Ces souvenirs tournent et tournent dans ma tête comme une roue sans fin, jouant toujours la même rengaine.

Il lui prit le bras et fut surpris quand elle le suivit sans résistance et accepta de s'asseoir sur la chaise. Ils gardèrent le silence pendant un moment. Lorsqu'elle se décida à parler, elle était redevenue normale.

— Vous connaissez Tessie, n'est-ce pas? Elle va épouser votre fils. C'est la seule amie que j'aie jamais eue. La semaine suivante, ce devait être son anniversaire. Elle allait avoir cinq ans et je pensais que je pourrais lui donner une de mes vieilles robes... Je ne l'ai jamais revue.

— Vous l'avez vue cet après-midi chez le pharmacien.

Elle répondit après un instant de réflexion :

— La jeune fille avec un corsage blanc qui n'avait pas de monnaie.

— Oui.

— Elle se tenait à côté de moi, et je ne le savais pas. Hochant la tête, elle poursuivit : — Je suppose que je ne remarque pas les femmes. Je vous ai vu ainsi que le garçon qui était avec vous. J'ai pensé : tiens, il y a un beau gosse au patelin!

— Le beau gosse est mon fils.

— Quoi! Je regrette d'avoir dit ça. Je ne voudrais pas qu'elle le sache.

— Cela n'a pas d'importance. Il vaut peut-être mieux que je sois au courant.

— Vous ne pensez qu'à vous et à votre cher fils. Et moi?

Elle se leva en le regardant avec colère. C'était vrai, pensa-t-il avec remords. Il avait été prêt à sacrifier tous ces gens, les Crilling, Primero et même Imogen pour sauver Charles, mais sa tentative avait été vaine car l'histoire ne pouvait être changée.

— Que vont-ils me faire, fit-elle d'une voix plaintive.

— A vous? Pourquoi vous ferait-on quelque chose?

Il se souvint de l'homme qui avait été tué au carrefour et il se souvint des piqûres, mais il se contenta de dire :

— On a plus péché contre vous que vous n'avez péché.

— Oh! la Bible! ne venez pas me citer la Bible! — Elle se tut et reprit tout d'un coup d'une voix changée : — Je monte au premier maintenant. Quand vous verrez Tessie, faites-lui mes amitiés. J'aurais souhaité lui faire un cadeau pour son anniversaire.

Avant d'avoir pu trouver un médecin, il sentait son sang battre dans sa main comme un second cœur. Il reconnut aussitôt le Dr Crocker et vit que lui aussi se souvenait de lui.

— Vous passez de drôles de vacances, dit Crocker après lui avoir recousu le doigt et lui avoir fait une piqûre antitétanique. D'abord ce garçon accidenté, puis ceci.

— Je voulais vous demander quelque chose. — D'un seul trait, il posa la question qui le troublait depuis qu'il avait quitté *La Parcelle de Victor*. — Est-ce possible?

— Début octobre? fit Crocker en le regardant d'un air amusé, est-ce une question personnelle?

Archery fit un effort pour sourire :

— Disons que je m'inquiète pour un ami.

— Eh bien, c'est très improbable. Il existe quelques cas assez rares. Ils sont l'exception dans l'histoire médicale.

Archery hocha la tête et se leva.

— Il faudra revenir me montrer ce doigt ou aller voir votre médecin de famille. Deux autres piqûres devront être faites. N'oubliez pas dès que vous serez de retour chez vous.

Chez lui, oui, il serait chez lui demain. Son séjour à Kingsmarkham n'avait pas été des vacances, loin de là, néanmoins, il éprouvait une curieuse nostalgie.

Il s'était promené chaque jour dans High Street. Il connaissait toutes les boutiques, et certains passants lui étaient même devenus familiers. Cette petite ville était charmante. Subitement, il regretta de ne pas avoir su apprécier son charme plus tôt. Cependant, cette ville serait toujours associée pour lui au souvenir d'un amour perdu et à l'échec de ses recherches.

Des réverbères d'un modèle ancien avec des garnitures en fer forgé éclairaient des cours pavées, des ruelles serpentant entre des murs de pierre et quelques jardins. Une demi-heure plus tôt, il faisait encore jour, maintenant la nuit était tombée. Le ciel était couvert et on apercevait les étoiles entre de gros nuages.

Olive & Dove était brillamment éclairé, et le parking affichait complet. Une porte vitrée séparait le hall du bar où il y avait foule. Des jeunes, par couple ou en groupe, discutaient gaiement. Archery aurait donné tout ce qu'il possédait pour voir Charles parmi eux, riant et plaisantant, mais Charles n'était pas là. Il le trouva occupé à écrire au salon. Tess n'était partie que depuis quelques heures, et il lui écrivait déjà.

— Que diable t'es-tu fait à la main et où étais-tu passé?

— J'ai remonté le temps.

— Ne sois pas énigmatique, Père, je ne suis pas d'humeur à le supporter. Je voulais écrire l'adresse sur cette enveloppe et je n'ai pu le faire parce que je ne sais pas où habite la tante de Tess. — Avec un regard de reproche, il conclut : — Tu l'as notée. Ne me dis pas que tu l'as égarée.

— La voici, dit Archery en sortant la carte de sa poche et en la posant sur la table. Je vais téléphoner à ta mère pour lui dire que nous serons à la maison demain.

— Je viens avec toi. Cet hôtel est mortel ce soir.

Mortel? Avec un bar rempli de jeunes gens joyeux? Si Tess avait été là... Brusquement, Archery décida que Charles devait être heureux et si son bonheur consistait à avoir Tess, il aurait Tess.

Il s'arrêta sur le pas de la porte et posa la main sur l'interrupteur, mais n'alluma pas. Dans l'obscurité, avec Charles derrière lui, il se souvint de sa première conversation avec Wexford au cours de laquelle il lui avait affirmé être contre ce mariage. Comme il avait changé! Mais alors, il ignorait ce que c'était d'implorer un regard et un sourire. Tout comprendre n'était pas seulement tout pardonner, c'était s'identifier complètement par l'esprit et par le corps.

Charles s'impatienta :

— Ne trouves-tu pas l'interrupteur?

A tâtons, sa main toucha celle de son père sur le mur froid. La lumière jaillit :

— Comment te sens-tu? Tu parais épuisé.

Peut-être fut-il sensible à la douceur inhabituelle de sa voix. Archery savait combien il est facile d'être bon et généreux quand on est heureux, combien il est difficile d'éprouver de la sollicitude quand on est soi-même en plein désarroi. Il fut soudain submergé par un amour qui pour la première fois depuis longtemps n'avait pas d'objet précis mais englobait son fils et sa femme.

Espérant naïvement que la voix qui lui répondrait serait douce et compréhensive, il décrocha le téléphone.

— Eh bien, tu en as mis un temps pour m'appeler. Je commençais à me demander ce qui t'était arrivé et si tu ne t'étais pas fait enlever, dit sa femme.

— Une chose pareille ne risque pas de se produire, dit-il. Le cœur serré et parce qu'il fallait bien se mettre à l'unisson, il déclara : — Kingsmarkham n'offre aucun charme secret. Tu m'as beaucoup manqué. — Ce n'était pas vrai et ce qui allait suivre serait également un mensonge : — Je serai heureux de me retrouver à la maison avec toi.

Il faudrait bien que ce mensonge devînt réalité.

Il se retourna vers Charles. Celui-ci tenait toujours la carte à la main et la regardait d'un air absorbé. Une semaine plus tôt, Archery se serait émerveillé qu'une adresse et une écriture féminine pussent produire une telle fascination.

— Tu m'as demandé samedi si j'avais déjà vu ces vers. Eh bien, ils font partie d'un long poème religieux en prose. Il y a des chants, ou plutôt des hymnes, et ces vers y sont inclus.

— Où as-tu vu cela, Charles, à Oxford? Dans une bibliothèque?

Mais Charles n'écoutait pas. Il demanda :

— Où es-tu allé ce soir? Est-ce quelque chose qui a un rapport avec moi et... Tess?

Devait-il le lui dire? Etait-il obligé d'arracher les derniers vestiges d'espoir avant d'avoir rien de réel et de positif à mettre à la place?

— Je suis allé jeter un dernier coup d'œil à *La Parcelle de Victor*. — Charles approuva de la tête comme si c'était la chose la plus naturelle du monde. — Elizabeth Crilling était là. Elle se cachait.

Il lui parla de la drogue, des efforts désespérés pour se procurer les tablettes, mais il ne lui dit pas tout. La réaction de Charles fut inattendue :

— De qui se cachait-elle?

— De la police, je suppose ou de sa mère.

— J'espère que tu ne l'as pas laissée là-bas toute seule, dit Charles avec indignation : une pauvre gosse à moitié folle. Dieu sait ce qu'elle pourrait faire. Tu ignores combien il faudrait de ces tablettes pour s'empoisonner. Elle pourrait chercher à se suicider. N'y as-tu pas songé?

Elle l'avait accusé de ne pas s'intéresser à elle, et cela ne l'avait pas alerté. Il ne lui était même pas venu à l'esprit qu'il commettait un acte irresponsable en laissant une jeune fille dans cette maison vide.

— Il faut aller immédiatement à *La Parcelle de Victor* pour essayer de la ramener chez elle, dit Charles en glissant la carte dans sa poche. — Il hésita et ajouta : — Je sais que cela ne va pas te plaire, mais je crois que nous devrions emmener sa mère avec nous.

— Elles se sont querellées, et Liz se conduit comme si elle détestait sa mère.

— Cela ne veut rien dire. Les as-tu vues ensemble?

Archery les avait vues ensemble au tribunal, et elles avaient échangé un regard passionné qu'il n'avait pas su interpréter, mais il savait que si Charles avait été malheureux, sur le point d'attenter à ses jours, il n'aurait pas voulu que des étrangers aillent seuls à son secours.

— Tu peux conduire, dit-il en donnant les clés à son fils.

A l'église, l'horloge sonna onze coups. Mrs. Crilling serait-elle couchée? Archery songea qu'elle s'inquiétait peut-être pour sa fille. Jamais il n'avait attribué aux Crilling des émotions naturelles. Elles étaient différentes des autres gens, la mère mentalement dérangée, la fille sous l'empire de la drogue.

Dehors, il frissonna. La nuit était fraîche, et il n'avait pas de pardessus.

— Voici la maison.

Ils descendirent de voiture. Il n'y avait pas de lumière au 24 A.

— Elle est probablement dans son lit.

— Alors elle devra se lever dit Charles en appuyant sur la sonnette.

Il recommença à plusieurs reprises sans le moindre résultat.

— Ne peut-on entrer par derrière?

— Par ici, dit Archery.

Dans la cour, on voyait briller des lumières dans les maisons avoisinantes, mais tout était éteint chez Mrs. Crilling.

— Elle est peut-être sortie, dit Archery, nous ne savons rien de ses habitudes.

A travers la première fenêtre, la cuisine paraissait sombre et vide. Pour arriver à la porte fenêtre, ils durent enjamber des orties.

— As-tu des allumettes?

Charles en frotta une et Archery aperçut la pièce en désordre. L'allumette s'éteignit. A la lueur tremblotante de la seconde, il distingua les reliefs d'un repas sur la table.

— Nous ferions mieux de partir, dit-il, elle n'est pas là.

— La fenêtre n'est pas fermée, dit Charles en poussant le battant qui céda sous sa pression.

Aussitôt leur parvint une odeur de fruits trop mûrs et d'alcool.

— Tu ne peux entrer. Tu n'as pas la moindre justification pour t'introduire ainsi dans cette maison.

Mais Charles avait déjà mis un pied dans la pièce. Il lança par dessus son épaule;

— Ne penses-tu pas qu'il y a quelque chose de bizarre ici? Ne sens-tu donc rien?

Archery haussa les épaules. Ils entrèrent. L'odeur était plus forte, mais ils ne distinguaient que la forme vague des meubles dans l'obscurité.

— L'interrupteur est à gauche, près de la porte. Attends...

Il avança à l'aveuglette, buta contre un fauteuil, mit le pied sur ce qu'il jugea être un soulier et se heurta à une obstruction plus forte. Il sentait des vêtements avec quelque chose de lourd et d'inerte. Il se baissa les mains tendues et palpa.

— Dieu tout puissant!

— Qu'y a-t-il? Que diable se passe-t-il? Ne peux-tu trouver la lumière?

Archery ne pouvait parler. Il avait retiré ses mains et elles étaient humides et poisseuses. Charles traversa la pièce. La lumière qui jaillit éblouit Archery. Quand il ouvrit les yeux, il vit que ses mains étaient rouges. Penché sur lui, Charles proféra un juron.

— Ne regarde pas, dit-il vivemnet.

Ils n'étaient pas des policiers habitués à de tels spectacles et chacun d'eux aurait voulu épargner l'autre. Tous deux regardèrent. Mrs Crilling était étendue sur le sol entre le sofa et le mur. Elle était morte. De la tête aux pieds, elle était couverte de taches rouges. Archery détourna les yeux pour ne pas voir son cou autour duquel un bas de nylon avait fait une ligature.

— Seigneur, dit Charles, on dirait que quelqu'un l'a aspergé de sang!

CHAPITRE XVI

— Ce n'est pas du sang, dit Wexford. Ne savez-vous pas ce que c'est? Ne le sentez-vous pas?

Il souleva la bouteille que quelqu'un avait trouvée sous le buffet. Archery était assis sur le sofa, épuisé, et les traits complètement défaits. Des pas retentirent dans la pièce voisine que deux policiers fouillaient.

Les voisins étaient rentrés à minuit, après une soirée de samedi particulièrement arrosée. Le mari était un peu gris : la femme eut une crise de nerfs pendant l'interrogatoire. On avait enlevé le corps, et Charles poussa son fauteuil pour ne plus voir les taches rouges de Sherry Brandy.

— Mais pourquoi? Que s'est-il passé?

— Votre père sait pourquoi, dit Wexford, quant à moi, je le devine. Je ne peux m'empêcher de me rappeler que j'ai déjà vu un spectacle pareil il y a bien longtemps. Seize années, pour être précis. Il y avait une jolie robe qu'une petite fille ne pouvait plus porter parce qu'elle était tachée de sang.

Dehors la pluie recommençait à tomber et ruisselait sur les vitres. Il devait faire froid maintenant à *La*

Parcelle de Victor. Froid et humide comme dans le château désert de la Belle au bois dormant.

L'inspecteur-chef possédait une perception extra-sensorielle que l'on pouvait qualifier de télépathie. Archery se força à changer le cours de ses pensées de crainte que Wexford ne les devinât, mais la question arriva quand même :

— Alors, Mr. Archery, où est-elle?
— Où est qui?
— La fille.
— Qu'est-ce qui vous fait croire que je le sais?
— Ecoutez-moi, dit Wexford, la dernière personne qui l'ait vue est un pharmacien de Kingsmarkham. Oui, nous nous sommes d'abord adressés à tous les pharmaciens, naturellement. Celui-ci se souvient que lorsqu'elle était dans son officine, il y avait également deux hommes et une jeune fille. Un jeune homme et un homme plus âgé, tous deux grands et blonds, de toute évidence, le père et le fils.

— Je ne lui ai pas adressé la parole, dit vivement Archery. L'odeur de la pièce l'écœurait. Il désirait s'en aller et dormir quitter cette pièce, surtout, où Wexford les retenait depuis qu'ils lui avaient téléphoné.

— Mrs. Crilling est morte depuis six ou sept heures. Il est trois heures moins dix et vous avez quitté Olive à 19 h 45. Le barman vous a vu revenir à vingt-deux heures. Où étiez-vous allé, Mr. Archery?

Il y eut un silence. Bien des années plus tôt, sur les bancs de l'école, il s'était déjà trouvé confronté à un même dilemme. Il vous faut accuser quelqu'un, trahir quelqu'un ou tout le monde en souffrira. Ce n'était pas la première fois que Wexford lui faisait penser à une sorte de proviseur.

— Vous savez où elle est, poursuivit le policier d'une voix implacable. Voulez-vous être accusé de complicité? Est-ce là ce que vous cherchez?

Archery ferma les yeux. Il tergiversait. Il voulait la chose même contre laquelle Charles l'avait mis en garde et, bien que ce fut contraire à sa foi religieuse, il la désirait de tout son cœur.

— Père, dit Charles... — Voyant qu'il n'obtiendrait pas de réponse il se tourna vers Wexford : — Au diable tout cela, elle est à *La Parcelle de Victor.*

Archery se rendit compte qu'il retenait sa respiration. Il poussa un profond soupir et confirma :

— Dans une des chambres. Celle qui donne sur les écuries. Elle rêve à un tas de sable. Elle m'a demandé ce qu'on allait lui faire, et je n'ai pas compris. Que va-t-on lui faire?

Wexford se leva.

— Vous savez aussi bien que moi que la loi ne punit plus de la peine de mort, même pour certain crime particulièrement odieux.

— Pouvons-nous partir maintenant? demanda Charles.

— Oui, mais je vous verrai demain, répondit Wexford.

La pluie les attendait dehors et tombait en rafale. Archery était trop las pour s'en apercevoir. Charles l'accompagna dans sa chambre.

— Je préférerais ne rien te demander maintenant, dit-il, il fait presque jour, et Dieu sait la journée qui nous attend, mais je dois savoir : que t'a-t-elle dit à *La Parcelle de Victor?*

Archery connaissait l'expression " tourner comme un ours en cage " Il n'avait jamais songé que cela put lui arriver. Charles attendait, trop accablé pour se montrer impatient. Sa lettre à Tess était posée sur la table à côté de la carte achetée à Forby. Archery la prit machinalement, puis il s'approcha de son fils et lui posa une main sur l'épaule :

— Ce qu'elle m'a confié ne te concerne pas. C'est en

quelque sorte le cauchemar de quelqu'un d'autre... j'aimerais seulement que tu me dises où tu as vu les vers qui sont imprimés sur cette carte...

Le matin était gris et froid. Au carrefour, l'agent de police avait revêtu une veste sombre.

L'inspecteur Burden escorta Archery jusqu'au poste de police. Celui-ci eut honte de répondre à l'aimable question du policier qu'il avait dormi d'un sommeil lourd et sans rêve. Il aurait peut-être mieux dormi encore s'il avait su ce que l'inspecteur avait à lui apprendre : Elizabeth Crilling était en vie.

— Elle nous a suivis sans difficulté. Pour vous dire la vérité, monsieur, je ne l'ai jamais vue si calme, si sereine, en paix avec elle-même.

— Je suppose que vous désirez rentrer chez vous, dit Wexford quand Burden les eut laissés seuls. Vous serez obligé de revenir pour l'enquête. C'est vous qui avez trouvé le corps.

Archery soupira.

— Elizabeth a trouvé un corps, il y a seize ans. Sans la cupidité de sa mère, sans ce désir d'obtenir quelque chose auquel elle n'avait aucun droit, rien ne serait arrivé. On peut dire aussi qu'Elizabeth en voulait à sa mère parce que Mrs. Crilling, en l'empêchant de parler de Painter, ne lui avait pas permis d'extérioriser ses terreurs.

— En effet, toutes ces choses se sont sans doute combinées, mais il se peut aussi qu'en revenant de chez le pharmacien, Liz ait essuyé un refus de sa mère de demander une autre ordonnance et que, dans un accès de folie furieuse provoqué par le manque, Liz n'ait étranglé sa mère.

— Puis-je la voir.

— Je crains que ce ne soit ni possible, ni souhaitable. Je commence à deviner ce qu'elle a vu il y a seize ans, et ce qu'elle vous a confié la nuit dernière.

— Après lui avoir parlé, je suis allé voir le Dr. Crocker. Je voudrais que vous lisiez ceci, ajouta-t-il en tendant la lettre du colonel Plashet et en soulignant du doigt la date du retour de Painter. Pauvre Elizabeth, murmura-t-il, elle voulait offrir une robe à Tess pour son cinquième anniversaire. A moins que Tess n'ait beaucoup changé, cela ne lui aurait pas fait grand plaisir.

Wexford lut et remit lentement la lettre dans son enveloppe.

— Je vois.

— Ai-je raison? Est-ce que je n'imagine pas des choses? Je n'ose plus faire confiance à mon propre jugement. J'ai besoin de l'opinion d'un expert. Je suis allé à Forby, j'ai vu une photographie. J'ai reçu cette lettre et j'ai parlé à un médecin. Si vous aviez les mêmes éléments, en viendriez-vous aux mêmes conclusions?

— Vous êtes vraiment très aimable, Mr. Archery, dit Wexford avec un sourire ironique. Je reçois en général plus de plaintes que de compliments et l'on fait rarement appel à mon avis. J'en serais probablement venu aux mêmes conclusions, mais beaucoup plus rapidement. Voyez-vous, tout dépend de ce que l'on cherche et précisément, vous ignoriez ce que vous cherchiez. Vous avez essayé de prouver que les rapports des experts étaient erronés. Ce que vous avez découvert prouve qu'ils ne s'étaient pas trompés. Le résultat n'est pas le même pour vous et votre fils, mais cela ne change rien au *statuo quo* de la justice.

— Ce qui est étrange, dit pensivement Archery, c'est que, partant d'opinions tellement opposées, nous ayons en fin de compte tous les deux raisons.

— Oui, dit Wexford en lui tendant la main, moi par les faits, vous par la foi.

Elle leur ouvrit la porte avec méfiance.

— J'espère que vous nous pardonnerez, Mrs. Kershaw, dit Archery, mais Charles désire voir Tess et, comme nous passions par ici, nous nous sommes permis de nous arrêter.

Il est difficile de recevoir des visiteurs — même s'ils ne sont pas bienvenus — sans les inviter à entrer. Irène Kershaw s'écarta et dit en rougissant :

— Tess est sortie faire quelques achats en prévisions de ses vacances... — Puis elle reprit sur un ton plus véhément : — Vous vous êtes disputés, n'est-ce pas? Qu'essayez-vous donc de faire? De lui briser le cœur?

Archery avait tout expliqué à Charles en cours de route. Se tournant vers son fils, il conseilla :

— Tu devrais aller au devant d'elle pour l'aider à porter ses paquets.

Charles hésita, peut-être parce qu'il ne savait comment répondre à l'accusation de Mrs. Kershaw. La regardant bien en face, il déclara :

— Je vais épouser Tess. C'est ce que j'ai toujours désiré.

Elle pâlit et, maintenant qu'il n'y avait plus de raison pour pleurer, des larmes roulèrent sur ses joues. En d'autres circonstances, Archery aurait été embarrassé, mais il se dit que cette humeur la rendrait plus réceptive à ce qu'il avait à lui dire. L'instinct maternel la faisait enfin réagir.

— Ne pourrions-nous nous asseoir? dit-il, j'aimerais vous parler.

Il s'était ressaisi et avait repris son air le plus respectable.

— Voulez-vous accepter une tasse de thé?
— Non, je ne veux pas vous déranger.

Il la suivit au salon. Sur le chevalet, le portrait de Jill était terminé. Kershaw avait commis l'erreur commune à tous les amateurs, il n'avait pas su s'arrêter, et la ressemblance avait été gâchée par les dernières touches.

Mrs. Kershaw s'assit et tira sur sa jupe. Elle portait une robe de lainage léger. Les perles avaient été renfilées. Elle porta la main à son collier et la retira vivement pour ne pas céder à la tentation. Leurs yeux se rencontrèrent, et elle eut un petit sourire se doutant qu'il avait découvert son innocente manie.

— Avez-vous passé de bonnes vacances? demanda-t-elle.

Il sauta sur l'occasion.

— Je crois que Forby est votre village natal, dit-il; je suis allé voir une tombe au cimetière.

Elle touche les perles de sa main ouverte.

— Une tombe?... Oh! oui! Mrs. Primero est enterrée là, n'est-ce pas?

— Ce n'est pas cette tombe que j'ai vue... « Va, Berger, trouve ton repos... » Dites-moi, pourquoi avez-vous gardé le secret sur toutes les œuvres qu'il a laissées derrière lui?

Il s'était attendu à des dénégations ou à de la colère, mais pas à de la peur.

Elle parut se recroqueviller sur son fauteuil, et ses yeux grands ouverts avaient une fixité inquiétante. Cette peur était communicative et il se sentit lui-même effrayé. Néanmoins, il poursuivit :

— Pourquoi les avez-vous conservées cachées pendant tant d'années? Elles auraient pu être publiées. Il aurait pu connaître une gloire posthume.

Elle ne répondit pas, mais maintenant il savait comment s'y prendre. il lui suffisait de continuer à parler. Les mots sortirent de ses lèvres sous forme de platitudes et de clichés pour louer une œuvre qu'il ne connaissait pas, pour laquelle il n'avait aucune raison de supposer qu'il éprouverait de l'admiration. Tout le temps il garda les yeux fixés sur elle, comme pour l'hypnotiser.

— Puis-je voir les poèmes de John Grace? demanda-t-il enfin.

Il retint sa respiration. Elle se leva et monta sur un tabouret pour prendre une grande boîte cartonnée au-dessus de la bibliothèque. Elle la prit avec soin mais ne put éviter de faire tomber des magazines datant de quelques années qui étaient empilés dessus.

— Je suppose que Tess vous en a parlé, chuchota-t-elle. Cela devait être notre secret.

Elle souleva le couvercle de la boîte pour qu'il put lire le titre sur la première page du manuscrit LE BERCAIL, une prière sous forme dramatique par John Grace.

— Si vous me l'aviez demandé plus tôt, je vous l'aurais montré. Tess dit que je devrais faire voir cela à un éditeur qui s'y intéresserait peut-être. Tenez, prenez-les, ils sont à vous.

Il recula, à la fois horrifié et honteux. Il venait de comprendre qu'elle essayait de payer son silence par ce qu'elle avait de plus précieux. Elle confirma :

— Seulement, ne me posez pas de questions à son sujet.

Parce qu'il ne pouvait supporter son regard, il détourna les yeux en murmurant :

— Je n'ai aucune envie de jouer les inquisiteurs.

— Ça ne fait rien, mais, je vous en prie, ne me parlez plus de lui. Mr. Kershaw dit que vous voulez que je vous entretienne de Painter. Bert Painter, mon mari. Je vous dirai tout ce dont je me souviens, tout ce que vous désirez savoir.

— Je ne veux rien savoir au sujet de Painter, je ne m'intéresse plus à lui. C'est le père de Tess qui m'intéresse. — Le petit cri qu'elle proféra ne pouvait plus l'arrêter : — Depuis la nuit dernière je sais que Painter ne pouvait être le père de Tess.

CHAPITRE XVII

Affalée par terre, elle pleurait. Archery ne savait quelle contenance avoir. Il plaignait de tout son cœur la femme qui sanglotait devant lui et il se demandait combien de temps allait durer cet abandon.

Il avait perdu la notion du temps. Il n'y avait pas de pendule dans la pièce et le pansement qu'il portait à la main l'avait obligé à retirer son bracelet montre. Comme il commençait à se dire qu'elle ne s'arrêterait jamais, elle poussa un profond soupir et resta immobile.

— Mrs. Kershaw, je vous en prie, pardonnez-moi.

La poitrine encore soulevée par de gros sanglots, elle se leva lentement et murmura quelque chose qu'il ne comprit pas.

— Voulez-vous un verre d'eau? Du cognac?

Elle secoua la tête et dit avec un accent choqué :

— Je ne bois pas d'alcool.

Il comprit qu'il ne pourrait jamais briser ce carcan de respectabilité. Elle se laissa tomber dans un fauteuil tandis qu'il se précipitait à la cuisine d'où il ramena un verre d'eau. Elle s'était suffisamment calmée pour boire quelques gorgées.

— Est-ce qu'elle va l'apprendre? Ma petite Tess doit-elle savoir?

Il n'osa pas lui répondre que Charles devait déjà l'avoir mise au courant.

— Tout cela n'a plus la même importance aujourd'hui, dit-il avec bonté, personne n'y pense plus.

— Dites-moi ce que vous savez.

Il s'agenouilla près d'elle, priant le ciel que ses conjectures fussent près de la réalité et qu'elle eût peu de choses à ajouter. S'il se tirait bien de cette dernière tâche, il lui épargnerait la honte d'une confession.

— Vous et John Grace viviez près l'un de l'autre à Forby. Vous étiez amoureux, et il a été tué.

Pris d'une brusque impulsion, il saisit le manuscrit et le posa sur ses genoux. Elle s'en saisit comme d'un talisman ou d'une relique et dit :

— Il était si intelligent! Je ne comprenais pas tout ce qu'il écrivait, mais je savais que c'était très beau. Son professeur voulait l'envoyer au collège, mais sa mère ne le permit pas. Vous comprenez, son père avait une boulangerie et John devait aller y travailler. Il continua néanmoins à écrire des poèmes, et le soir il travaillait pour passer des examens. Il n'avait pas une santé assez bonne pour être mobilisé. Il souffrait d'anémie.

Ses doigts se serrèrent sur le manuscrit, mais ses yeux restèrent secs. Archery se souvint du visage émacié dont il avait vu l'image dans le magasin de Forby. Il se rendait compte maintenant de sa ressemblance avec Tess. il posa sur Irene Kershaw un regard de compassion. Ils en étaient arrivés au point qui serait le plus humiliant pour elle.

— Vous deviez vous marier...

Peut-être eut-elle peur des mots qu'il pourrait prononcer :

— Ce n'est arrivé qu'une seule fois, cria-t-elle. Il n'était pas comme les autres garçons et il en fut aussi honteux que moi. J'ai eu deux maris, et il y a eu John, mais je n'ai jamais été très portée sur ce côté de la chose... Nous étions fiancés, nous devions nous marier...

— Après sa mort, vous vous êtes aperçue que vous alliez avoir un enfant. — Elle se contenta de hocher la tête avec accablement. — Vous ne saviez où aller, vous aviez peur, alors vous avez épousé Painter. John Grace a été tué en février 1945, et Painter n'est revenu de Birmanie que fin mars. Vous deviez le connaître avant... peut-être était-il stationné à Forby avant de partir en extrême-Orient.

Un faible acquiescement lui répondit, et il se prépara à poursuivre l'histoire qu'il avait reconstituée à partir d'une lettre de Kendal, d'une vieille photographie et de quelques ecchymoses sur le bras d'une femme.

Alerté par un léger bruit qui venait de se produire derrière lui, il leva les yeux et vit Kershaw appuyé contre le rosier grimpant devant la porte fenêtre ouverte. Depuis combien de temps était-il là? Qu'avait-il entendu?

Trahissait-il cette femme en la laissant parler? Commettait-il l'irréparable? Il était trop tard pour reculer. Il scruta le visage de Kershaw pour y chercher des traces de souffrance ou de colère et n'y vit que douceur et bonté.

— Laissez-moi terminer, dit-il : vous vous êtes mariée et vous avez laissé croire à Painter qu'il était le père de Tess, mais il a soupçonné la vérité; c'est pourquoi il ne l'a jamais aimée comme un père aime son enfant. Mais pourquoi n'avez-vous rien dit à Mr. Kershaw?

Elle se pencha un peu en avant. Il était évident qu'elle n'avait pas entendu l'homme qui était maintenant entré silencieusement dans la pièce.

— Il ne m'a jamais posé de question sur ma vie avec Bert et moi. J'avais tellement honte d'avoir épousé un homme pareil. Mr. Kershaw est si bon — vous ne le connaissez pas — songez à ce que je lui apportais! Les gens me montraient du doigt dans la rue. Mr. Kershaw déclara qu'il allait m'emmener et m'offrir une nouvelle vie. Il disait que je n'avais rien à me reprocher, que j'étais innocente. Pensez-vous que j'allais tout gâcher en lui avouant que Tess était... était une enfant illégitime?

Stupéfait, Archery se remit debout. De toute sa volonté, il essayait de forcer l'homme qui se trouvait là à retourner dehors, mais Kershaw ne bougeait pas. Sous ses yeux, sa femme avait été contrainte d'avouer le secret qu'elle gardait jalousement au fond de son cœur. Tout à coup, elle parut sentir la tension qui régnait entre les deux hommes dont le seul désir était de lui venir en aide. Elle se retourna sur sa chaise, eut un petit geste implorant et se leva pour faire face à son mari.

Le cri qu'Archery attendait ne vint pas. Elle balbutia quelque chose, mais ce qu'elle allait dire fut étouffé par le geste de son mari qui la serrait dans ses bras. D'une voix sourde, elle murmura :

— Oh Tom! Oh! Tom!

C'était la première fois qu'Archery l'entendait appeler Kershaw par son prénom.

Elle ne redescendit pas. Archery supposa qu'il ne la reverrait pas avant le grand jour, au milieu des fleurs, des demoiselles d'honneur et du gâteau de mariage. Tess était émue, presque intimidée. Elle avait le manuscrit sur les genoux, et Charles lui tenait la main.

— Comme c'est étrange, dit-elle, j'ai l'impression d'avoir une nouvelle identité. En réalité, j'ai eu trois pères, et le plus lointain était mon vrai père.

Sans beaucoup de tact, Charles demanda :

— Eh bien, ne l'aurais-tu pas choisi toi-même. C'était un homme si doué et plein de talent.

Tess posa les yeux sur l'homme qu'Archery allait apprendre à appeler Tom, et il comprit qu'elle avait fait son choix. Puis, elle montra le carton où étaient empilés les manuscrits.

— Que pouvons-nous faire de tout cela?

— Je pourrais les montrer à un éditeur que je connais. Il m'est arrivé de contribuer à la rédaction d'un livre... sur les chats abyssins, fit-il avec un petit sourire confus. Je crois que cela pourra l'intéresser. Ce sera ma façon de faire amende honorable.

— Vous? Mais vous n'avez rien à vous reprocher, s'écria Kershaw, j'ajouterai même que vous avez fait ce que j'aurais dû faire il y a des années : lui parler. Je me rends compte aujourd'hui que j'aurais dû deviner la vérité à travers mille petits indices. Par exemple, elle ne voulait pas que je parle de Painter à Tess, et ce fut pour moi un moment terrible d'expliquer la situation à cette enfant de douze ans alors qu'Irene semblait contredire tout ce que j'avançais.

Tess sourit :

— N'écoute pas ce que dit Papa, chérie, ton père n'était pas un meurtrier.

— Et elle avait raison, mais je faisais la sourde oreille. Maintenant elle me parlera comme elle ne l'a jamais fait et elle te parlera aussi, Tess, si tu montes la voir maintenant.

Elle eut un instant d'hésitation, et un sourire trembla sur ses lèvres, mais l'obéissance — une obéissance raisonnée et consentie — était de règle dans cette maison, Archery en avait déjà été le témoin.

— Je ne sais pas comment m'y prendre, fit-elle, en se levant, je crains tellement de lui faire de la peine.

— Parle-lui de ton mariage, dit Kershaw avec son robuste bon sens, montre lui des robes de mariée et laisse-la rêver.

Tess portait un jean et une chemisette blanche, mais, comme Rosalind, elle retrouvait parfois sa féminité. Elle se baissa pour ramasser un vieux magazine que sa mère avait fait tomber. Elle regarda la photographie sur la couverture représentant un chapeau sous une pyramide de fleurs couronnant le visage le plus photographié d'Angleterre.

— Ce n'est pas pour moi, dit-elle, en emportant quand même le magazine.

Archery la regarda s'éloigner tenant dans ses mains son amour de papier. Pas pour moi. Pas pour moi...

— Nous devons partir, dit-il à son fils, il est temps d'aller annoncer toutes ces bonnes nouvelles à ta mère.

Composition réalisée en ordinateur par IOTA

IMPRIMÉ EN FRANCE PAR BRODARD ET TAUPIN
Usine de La Flèche (Sarthe).
ISBN : 2 - 7024 - 2309 - 4
ISSN : 0297 - 7168